Date: 2/22/22

SP YA LOWRY
Lowry, Lois,
El dador /

EL DADOR

POR LOIS LOWRY

HOUGHTON MIFFLIN HARCOURT

Boston | New York

Houghton Mifflin Books for Children es un sello editorial de Houghton Mifflin Harcourt Publishing Company.

hmhbooks.com

El texto de este libro está en tipografía Centaur MT.

Diseño de portada de Whitney Leader-Picone y David Hastings

La información del catálogo de publicación está en los archivos de la Biblioteca del Congreso.
ISBN: 978-0-358-35473-4 tapa dura en español
ISBN: 978-0-358-35474-1 tapa blanda en español

Impreso en los Estados Unidos de América
1 2021
4500827433

Para todos los niños,
a quienes confiamos el futuro

ERA CASI DICIEMBRE y Jonas empezaba a estar atemorizado. No; pensó que esa palabra no era la adecuada. Estar atemorizado significaba abrigar esa sensación profunda e indeseable de que algo terrible iba a ocurrir. Así se había sentido un año antes cuando una aeronave no identificada sobrevoló la comunidad en dos ocasiones. La había visto ambas veces. Entrecerrando los ojos para mirar al cielo, había visto el *jet* brillante, casi una mancha borrosa por la velocidad a la que pasó, y un segundo más tarde escuchó el estruendo que lo seguía. Luego una vez más, un momento después, en la dirección opuesta, el mismo avión.

Al principio, solo se había sentido fascinado. Nunca

había visto una aeronave tan de cerca, porque era contra las reglas que los Pilotos sobrevolaran la comunidad. En ocasiones, cuando algún avión de carga entregaba suministros en la pista de aterrizaje que se encontraba al otro lado del río, los niños pedaleaban en sus bicicletas hasta la orilla y miraban, intrigados, la descarga y luego el despegue hacia el oeste, siempre lejos de la comunidad.

Pero la aeronave de un año antes había sido diferente. No era un avión de carga ancho y gordo, sino un *jet* afilado y con capacidad para un solo piloto. Jonas, al mirar a su alrededor con ansiedad, había visto que otros, adultos y también niños, dejaban lo que estaban haciendo y esperaban, confundidos, una explicación de aquel acontecimiento alarmante.

Entonces se ordenó a todos los ciudadanos que entraran en el edificio más cercano y se quedaran allí. «INMEDIATAMENTE», había dicho la voz rasposa que se oía por las bocinas. «DEJEN SUS BICICLETAS DONDE ESTÁN».

Al instante, de manera obediente, Jonas había dejado caer su bicicleta a un lado del camino, detrás de la vivienda de su familia. Había corrido al interior y había permanecido allí, solo. Sus padres estaban en el trabajo, y su hermanita, Lily, estaba en el Centro de Cuidado Infantil, donde pasaba varias horas después de la escuela.

A través de la ventana que daba a la fachada principal, no había visto gente: nada parecido a las atareadas brigadas vespertinas de Limpiadores de Calles, Trabajadores del Paisaje y Repartidores de Alimentos que solían poblar la comunidad a esa hora del día. Solo vio bicicletas abandonadas aquí y allá, en el suelo; la rueda de una, que estaba volteada, seguía girando lentamente.

Entonces se asustó. La percepción de su propia comunidad enmudecida, esperando, había hecho que el estómago se le revolviera. Tembló.

Pero no había sido nada. En unos minutos las bocinas habían crujido de nuevo, y la voz, entonces tranquilizadora y menos apremiante, había explicado que un Piloto en entrenamiento se había equivocado al leer sus instrucciones de vuelo y había dado un giro indebido. Desesperado, el Piloto había tratado de regresar antes de que advirtieran su error.

«POR SUPUESTO, SERÁ LIBERADO», dijo la voz, seguida por el silencio. Había un tono irónico en ese último mensaje, como si el Locutor lo encontrara divertido; y Jonas había sonreído un poco, aunque sabía que había sido una afirmación sombría. Porque el hecho de que un ciudadano activo fuera liberado de la comunidad era una decisión definitiva, un castigo terrible, una declaración apabullante de fracaso.

A los niños se les regañaba si usaban el término con ligereza mientras jugaban, burlándose de un compañero que no atrapaba una pelota o se tropezaba en una carrera. Jonas lo había hecho una vez; cuando un torpe error de Asher había hecho que su equipo perdiera un partido, le había gritado a su mejor amigo:

—¡Basta, Asher! ¡Quedas liberado!

El entrenador lo había llevado a un lado para una plática breve y seria; Jonas había bajado la cabeza sintiéndose culpable y avergonzado, y se disculpó con Asher después del juego.

Ahora, al pensar en el sentimiento de miedo mientras pedaleaba a casa por el camino que pasaba junto al río, recordó ese momento de terror palpable, de vacío en el estómago, cuando la aeronave había pasado como un rayo sobre su cabeza. No era lo que estaba sintiendo ahora que ya casi era diciembre. Buscó la palabra adecuada para describir su propio sentimiento.

Jonas era cuidadoso con el lenguaje. No como su amigo, Asher, que hablaba muy rápido y confundía las cosas, revolviendo palabras y frases hasta que quedaban irreconocibles; en ocasiones el resultado era muy divertido.

Jonas sonrió, recordando la mañana en que Asher había entrado de prisa y sin aliento al salón, tarde como siempre, a la mitad de la entonación del himno de la mañana. Cuando la clase tomó asiento al final del himno patriótico, Asher se quedó de pie para ofrecer una disculpa pública, como era obligatorio.

—Me disculpo por los inconvenientes que he ocasionado a mi comunidad de aprendizaje. —Asher pronunció de prisa la frase estándar de disculpa, mientras recuperaba el aliento. El Instructor y la clase esperaron con paciencia su explicación. Todos los estudiantes sonreían, porque habían escuchado muchas veces las explicaciones de Asher.

—Salí de casa a la hora correcta, pero cuando pasé cerca de la piscifactoría, los trabajadores estaban separando algunos salmones. Debí de quedarme retraído mirándolos. Pido disculpas a mis compañeros de clase —concluyó Asher. Alisó su túnica arrugada y se sentó.

—Aceptamos tu disculpa, Asher. —La clase recitó la respuesta estándar al unísono. Muchos de los estudiantes se mordían los labios para evitar la risa.

—Acepto tu disculpa, Asher —dijo el Instructor. Estaba sonriendo—. Y te doy las gracias, porque una vez más nos has proporcionado la oportunidad de impartir una lección de lenguaje. «Retraído» es un adjetivo demasiado fuerte para describir la vista de un salmón.

Se dio la vuelta y escribió la palabra «retraído» en el pizarrón. Junto a ella escribió «distraído».

Jonas, que ya estaba cerca de su casa, sonrió al recordarlo. Mientras empujaba su bicicleta hacia su estrecho estacionamiento junto a la puerta, seguía pensando, dándose cuenta de que «atemorizado» no era la palabra correcta para describir sus sentimientos, ahora que era casi diciembre. Era un adjetivo demasiado fuerte.

Había esperado aquel diciembre especial durante mucho tiempo. Ahora que ya casi había llegado, decidió que no se sentía atemorizado, sino... ansioso. Sentía ansiedad por su llegada. Y estaba nervioso, por supuesto. Todos los

Onces estaban nerviosos por los acontecimientos que muy pronto iban a tener lugar.

Pero sentía un leve estremecimiento de miedo cuando pensaba en lo que podría pasar.

«Inquieto», decidió Jonas; «así es como estoy».

* * *

—¿Quién quiere ser el primero esta noche con los sentimientos? —preguntó el padre de Jonas, mientras terminaban de cenar.

Expresar los sentimientos cada noche era uno de los rituales. En ocasiones, Jonas y su hermana, Lily, discutían acerca de los turnos, sobre a quién correspondía empezar. Sus padres, por supuesto, participaban en el ritual; ellos también contaban sus sentimientos todas las noches, pero como todos los padres, como todos los adultos, ellos no peleaban ni suplicaban para hacerlo antes.

Tampoco lo hizo Jonas, esa noche. En esa ocasión sus sentimientos eran demasiado complicados. Quería compartirlos, pero no estaba impaciente por empezar a discernir sus propias y complicadas emociones, aun con la ayuda que sabía que sus padres le prestarían.

—Vas tú, Lily —dijo, viendo a su hermana, que era mucho más pequeña (solo una Siete), moviéndose con impaciencia en su silla.

—Sentí mucha furia esta tarde —anunció Lily—. Mi grupo de Cuidado Infantil estaba en el área de juegos, y tuvimos un grupo visitante de Sietes que no obedecían las reglas, *para nada*. Uno de ellos (un niño que no sé cómo se llama) se la pasó formándose al frente de la fila de la resbaladilla, aunque los demás estábamos esperando. Me enfurecí tanto con él... Cerré la mano, así. —Levantó un puño cerrado con fuerza y el resto de la familia sonrió ante aquel pequeño gesto de desafío.

—¿Por qué crees que los visitantes no obedecían las reglas? —preguntó Mamá.

Lily lo pensó y agitó su cabeza.

—No le sé. Actuaban como... como...

—¿Animales? —sugirió Jonas y se rio.

—Tienes razón —dijo Lily, riéndose también—. Como animales.

Ningún de los dos sabía exactamente lo que significaba esa palabra, pero se usaba a menudo para describir a alguien poco educado o tonto, alguien que no encajaba.

—¿De dónde eran los visitantes? —preguntó Papá.

Lily frunció el ceño, tratando de acordarse.

—Nuestro líder nos lo dijo cuando hizo el discurso de bienvenida, pero no me acuerdo. Supongo que no estaba poniendo atención. Eran de otra comunidad. Tenían que irse muy temprano, y habían almorzado en el autobús.

Mamá asintió.

—¿No crees que sus reglas podrían ser diferentes y que simplemente no conocían las de tu área de juegos?

Lily se encogió de hombros y asintió.

—Supongo.

—Tú has visitado otras comunidades, ¿verdad? —preguntó Jonas—. Mi grupo lo ha hecho varias veces.

Lily volvió a decir que sí con la cabeza.

—Cuando éramos Seises, fuimos y compartimos un día completo de escuela con un grupo de Seises en su comunidad.

—¿Cómo te sentiste cuando estuviste allí?

Lily frunció el ceño.

—Me sentí extraña. Porque sus métodos eran diferentes. Estaban aprendiendo costumbres que mi grupo aún no había aprendido, así que me sentí tonta.

Papá estaba escuchando con interés.

—Estoy pensando, Lily —dijo—, acerca del niño que no obedeció las reglas hoy. ¿Crees que es posible que él se sintiera extraño y tonto, porque estaba en un lugar nuevo con reglas que no conocía?

Lily se quedó pensando.

—Sí —dijo, al final.

—Siento un poco de lástima por él —dijo Jonas—, aunque ni siquiera lo conozco. Siento lástima por cualquiera que está en un lugar donde se siente extraño y tonto.

—¿Cómo te sientes ahora, Lily? —preguntó Papá—. ¿Todavía estás furiosa?

—Supongo que no —decidió Lily—. Supongo que siento un poco de pena por él. Y lamento haber cerrado el puño. —Esbozó una amplia sonrisa.

Jonas le devolvió la sonrisa a su hermana. Los sentimientos de Lily eran siempre directos, muy simples, por lo general fáciles de resolver. Supuso que los suyos también habían sido así cuando era un Siete.

Escuchó con cortesía, aunque no con mucha atención, cuando su padre tomó su turno, describiendo un sentimiento de preocupación que había tenido ese día en el trabajo: una preocupación relacionada con uno de los niños, que no estaba progresando. El título del padre de Jonas era Criador. Él y otros Criadores eran responsables de atender todas las necesidades físicas y emocionales de los niños durante sus primeros meses de vida. Jonas sabía que se trataba de un trabajo muy importante, pero no le parecía demasiado interesante.

—¿Es niño o niña? —preguntó Lily.

—Niño —dijo Papá—. Es un niñito dulce con un carácter adorable. Pero no está creciendo tan rápido como debería, y no duerme bien. Lo tenemos en la sección de cuidados extraordinarios para ofrecerle atención suplementaria, pero en el comité se ha empezado a hablar de liberarlo.

—¡Oh, no! —murmuró Mamá con empatía—. Debe de hacerte sentir muy triste.

También Jonas y Lily expresaron su condolencia. Liberar a un niño siempre era triste, porque aún no había tenido la oportunidad de disfrutar la vida dentro de la comunidad. Y aún no había hecho nada mal.

Solo había dos casos en que la liberación no era un castigo: la liberación de los ancianos, que era un momento de celebración de una vida bien vivida y con plenitud; y la liberación de un niño, que siempre dejaba la duda de si se pudo haber hecho algo más. Esto era especialmente problemático para los Criadores como Papá, que sentían que habían fallado en algo. Pero pasaba muy pocas veces.

—Bueno —dijo Papá—. Voy a seguir esforzándome. Quizá pida permiso al comité para traerlo aquí por la noche, si no les importa. Ustedes saben cómo son los Criadores del turno de noche. Creo que este pequeño necesita algo más.

—Por supuesto —dijo Mamá, y Jonas y Lily asintieron.

Habían escuchado a Papá quejarse del personal nocturno en otras ocasiones. Era un trabajo de menor categoría, el de Criador del turno de noche, que se asignaba a quienes carecían de interés, habilidades o conocimientos para los trabajos más fundamentales que se llevaban a cabo durante el día. A la mayoría del personal que trabajaba por la noche ni siquiera se le había dado un cónyuge porque carecía, en cierto modo, de la capacidad para conectarse con otros, lo que era obligatorio para la creación de una unidad familiar.

—Tal vez hasta podríamos quedarnos con él —sugirió Lily con dulzura, tratando de mostrarse inocente.

Jonas sabía que esa apariencia era falsa; todos lo sabían.

—Lily —le recordó Mamá, sonriendo—, ya conoces las reglas.

Dos niños (un muchacho y una muchacha) por cada unidad familiar. Estaba escrito con toda claridad en las reglas.

Lily lanzó una risita.

—Bueno —dijo ella—. Pensaba que, a lo mejor, solo por esta vez.

* * *

A continuación, habló de sus sentimientos Mamá, que tenía un puesto importante en el Departamento de Justicia. Hoy habían llevado ante ella a una persona que ya había roto las reglas con anterioridad. Alguien que ella esperaba que hubiera recibido un castigo adecuado y justo, y a quien se le había regresado a su lugar: a su trabajo, su casa, su unidad familiar. Ver que lo presentaban de nuevo ante ella por segunda ocasión le causó sentimientos abrumadores de frustración y coraje. Y hasta de culpa, porque no había marcado una diferencia en su vida.

—También me sentí atemorizada por él —confesó ella—. Saben que no hay una tercera oportunidad. Las reglas dicen que si hay una tercera transgresión, simplemente se le liberará.

Jonas tembló. Sabía que sucedía. En su grupo de Onces había un niño cuyo padre había sido liberado años antes. Nadie lo mencionaba; la deshonra no se podía nombrar. Era difícil de imaginar.

Lily se paró, se acercó a su madre y le acarició un brazo.

Desde su lugar en la mesa, Papá le tomó una mano. Jonas le tomó la otra.

Uno por uno, la reconfortaron. Pronto, ella sonrió, dio las gracias y murmuró que se sentía tranquilizada.

El ritual siguió adelante.

—Jonas —dijo Papá—. Eres el último esta noche.

Jonas suspiró. Esa noche casi hubiera preferido mantener ocultos sus sentimientos. Pero eso era, por supuesto, contra las reglas.

—Me siento inquieto —confesó, contento de que finalmente hubiera encontrado la palabra apropiada.

—¿Por qué, hijo? —Su padre se mostró preocupado.

—Sé que en realidad no hay nada de qué preocuparse —explicó Jonas— y que todos los adultos han pasado por esto. Sé que tú lo hiciste, Papá, y tú también, Mamá. Pero la Ceremonia es lo que me inquieta. Ya casi es diciembre.

Lily alzó la vista, con los ojos bien abiertos.

—La Ceremonia del Doce —susurró, en un tono que expresaba un temor reverencial. Hasta los niños más pequeños (de la edad de Lily y menores) sabían que les esperaba en el futuro.

—Me da gusto que nos hables de tus sentimientos —dijo Papá.

—Lily —dijo Mamá, llamando con un gesto a la pequeña—. Puedes ir a ponerte tu pijama. Papá y yo nos vamos a quedar aquí para hablar con Jonas un poco más.

Lily suspiró, pero obedientemente se bajó de su silla.

—¿En privado? —preguntó ella.

Mamá asintió.

—Sí —dijo ella—. Esta plática con Jonas será en privado.

CAPÍTULO 2

JONAS VIO QUE SU PADRE se servía otra taza de café y esperó.

—¿Sabes? —dijo al final su padre—, cada diciembre era emocionante para mí de pequeño. Y estoy seguro de que así ha sido para ti y para Lily también. Cada diciembre trae cambios.

Jonas asintió. Podía recordar todos los diciembres desde que se había convertido, tal vez, en un Cuatro. Los primeros estaban perdidos para él. Pero los vivía cada año, y recordaba los primeros diciembres de Lily. Recordaba cuando su familia recibió a Lily, el día que se le designó su nombre, el día que se había vuelto una Uno.

La Ceremonia del Uno era siempre ruidosa y divertida. Cada diciembre, todos los niños que habían nacido el año anterior se volvían Uno. De uno en uno (siempre había cincuenta en el grupo de cada año, si no se había liberado a alguno), los Criadores, que se habían hecho cargo de ellos desde recién nacidos, los llevaban al escenario. Algunos ya iban caminando, vacilando sobre sus piernas inseguras; otros no tenían más que unos días, e iban envueltos en cobijas, cargados por sus Criadores.

—Me encanta la Designación de Nombres —dijo Jonas.

Su madre estuvo de acuerdo y sonrió.

—El año en que nos dieron a Lily, sabíamos, por supuesto, que recibiríamos una niña, porque habíamos hecho nuestra solicitud y la habían aprobado. Pero no dejábamos de preguntarnos cuál sería su nombre.

—Yo pude haber echado un vistazo a la lista antes de la ceremonia —les confió Papá—. El comité siempre hace la lista antes y la deja allí, en la oficina del Centro de Crianza. En realidad —continuó—, me siento un poco culpable por esto, pero *sí* fui esta tarde a ver si ya se había hecho la lista de Designación de Nombres de este año. Estaba allí, en la oficina, y miré el número Treinta y Seis (es el número del niño que me tiene preocupado) porque se me ocurrió que podría mejorar su crianza si lo llamaba por su nombre. Solo en privado, por supuesto, cuando no haya nadie alrededor.

—¿Lo encontraste? —preguntó Jonas.

Estaba fascinado. No le parecía una regla terriblemente importante, pero el hecho de que su padre la hubiera roto lo maravilló. Miró a su madre, la responsable del cumplimiento de las reglas, y se sintió aliviado al ver que estaba sonriendo.

Su padre asintió.

—Su nombre, si llega a la Designación de Nombres sin que lo liberen, por supuesto, va a ser Gabriel. Así que se lo susurro cuando lo alimento cada cuatro horas, y durante el tiempo de ejercicio y el de juego. Cuando nadie me escucha. En realidad le digo Gabe —dijo y sonrió.

—Gabe —pronunció Jonas.

Decidió que era un buen nombre. Aunque Jonas se había vuelto solo un Cinco el año que recibieron a Lily y conocieron su nombre, recordaba la emoción, las conversaciones en casa, preguntando por ella: qué aspecto tendría, quién sería, como encajaría en su unidad familiar ya establecida. Recordaba cómo había subido los escalones que llevaban al escenario con sus padres; ese año, su padre iba a su lado, en lugar de estar con los Criadores, porque era el año en que le darían un niño para él.

Recordaba que su madre tomó a la niña, su hermana, en brazos, mientras se leía el documento a las unidades familiares reunidas.

—Niño Veintitrés —había leído el Designador de Nombres—. Lily.

Recordaba la expresión de deleite en la cara de su padre, y que este había susurrado: «Es una de mis favoritas. Tenía la esperanza de que fuera la elegida». La multitud aplaudió y Jonas sonrió. Le gustaba el nombre de su hermana. Lily, apenas despierta, había agitado su pequeño puño. Luego habían bajado del escenario para dejar lugar a la siguiente unidad familiar.

—Cuando era un Once —dijo su padre—, como tú, Jonas, estaba muy impaciente esperando la Ceremonia del Doce. Son dos días que se hacen largos. Recuerdo que disfruté con los Unos, como siempre hago, pero no puse mucha atención a las demás ceremonias, excepto a la de mi hermana. Ella se volvía una Nueve ese año y recibió su bicicleta. Yo le estaba enseñando a manejar la mía, aunque técnicamente se supone que no debía hacerlo.

Jonas se rio. Era una de las pocas reglas que no se tomaba muy en serio y casi *siempre* se rompía. Todos los niños recibían sus bicicletas cuando se volvían Nueves; no se les permitía montar bicicletas antes. Pero casi siempre los hermanos y las hermanas mayores les enseñaban en secreto a los más pequeños. Jonas ya había pensado en enseñarle a Lily.

Se hablaba acerca de cambiar la regla y dar las bicicletas antes. Un comité estaba estudiando la idea. Cuando algo iba a un comité para su estudio, la gente siempre hacía bromas al respecto y decía que los miembros del comité se volverían Ancianos para el momento en que se cambiara la regla.

Era muy difícil cambiar las reglas. En ocasiones, si se trataba de una regla muy importante (a diferencia de la que determinaba la edad para las bicicletas), tenía que consultarse con el Receptor para que se tomara una decisión. El Receptor era el Anciano más importante. Jonas ni siquiera lo había visto, hasta donde sabía; alguien tan importante vivía y trabajaba solo. Pero el comité nunca molestaría al

Receptor con un asunto de bicicletas; simplemente discutirían entre ellos durante años, hasta que los ciudadanos olvidaran que se les había encargado su estudio.

—Así que estuve atento y aplaudí cuando mi hermana Katya se volvió una Nueve, se quitó los listones de su cabello y recibió su bicicleta —continuó su padre—. Luego no presté mucha atención a los Dieces y Onces. Y, *por fin*, al término del segundo día, que me pareció durar una eternidad, fue mi turno. Era la Ceremonia del Doce.

Jonas tembló. Se imaginó a su padre, que debió ser un niño tímido y tranquilo, porque era un hombre tímido y tranquilo, sentado con su grupo, esperando a que se le llamara al escenario. La Ceremonia del Doce era la última y la más importante.

—Recuerdo lo orgullosos que se veían mis padres, y mi hermana también; aunque ella quería salir a usar la bicicleta en público, dejó de jugar y estuvo muy quieta y atenta cuando llegó mi turno. Pero para ser honesto, Jonas —dijo su padre—, para mí no había el elemento de suspenso que tiene para ti tu Ceremonia. Porque yo ya estaba seguro de cuál iba a ser mi Asignación.

Jonas se sorprendió. No había manera, en verdad, de

saberlo por adelantado. Era una selección secreta, hecha por los líderes de la comunidad, el Comité de Ancianos; tomaban su responsabilidad tan seriamente que nunca se hacían bromas acerca de las Asignaciones.

Su madre también parecía sorprendida.

—¿Cómo podías saberlo? —preguntó ella.

Su padre les sonrió con amabilidad.

—Bueno, para mí estaba claro cuáles eran mis aptitudes, y mis padres me confesaron después que para ellos también había sido evidente. Siempre me habían gustado los niños más que nada en el mundo. Cuando mis amigos de mi grupo de edad participaban en carreras de bicicletas, o construían vehículos o puentes con sus juegos para armar, o...

—Todas las cosas que yo hago con mis amigos —señaló Jonas, y su madre asintió.

—Siempre participaba, por supuesto, porque como niños debemos experimentar todas esas cosas. Y estudiaba mucho en la escuela, como haces tú, Jonas. Pero una y otra vez, durante el tiempo libre, lo que me atraía eran los niños. Pasaba casi todas mis horas como voluntario en el

Centro de Crianza. Por supuesto, los Ancianos lo sabían, porque estaban observando.

Jonas asintió. Durante el último año había visto un aumento en el grado de observación. En la escuela, en el recreo y durante sus horas como voluntario, se había dado cuenta de que los Ancianos lo observaban a él y a los otros Onces. Había visto cómo tomaban nota. También sabía que los Ancianos se reunían durante muchas horas con los Instructores que él y los demás Onces habían tenido en sus años escolares.

—Así que ya lo esperaba, y me sentí contento, pero no sorprendido, cuando se anunció mi Asignación como Criador —explicó Papá.

—¿Todos aplaudieron, aunque no les hubiera sorprendido? —preguntó Jonas.

—Oh, por supuesto. Estaban felices por mí, de que mi Asignación fuera la que más me gustaba. Me sentí muy afortunado. —Su padre sonrió.

—¿Alguno de los Onces se sintió decepcionado ese año? —preguntó Jonas.

A diferencia de su padre, él no tenía idea de cuál sería

su Asignación. Pero sabía que algunas lo decepcionarían. Aunque respetaba el trabajo de su padre, no deseaba ser Criador.

Y tampoco envidiaba a los Obreros.

—No, no lo creo —reflexionó su padre—. Por supuesto que los Ancianos son muy cuidadosos en sus observaciones y selecciones.

—Creo que podría ser el trabajo más importante de nuestra comunidad —comentó su madre.

—Mi amiga Yoshiko se sorprendió de que la seleccionaran como Doctora —dijo Papá—, pero estaba emocionada. Y déjame ver, estaba Andrei: recuerdo que cuando éramos niños nunca quería hacer actividades físicas. Pasaba todo el tiempo de recreo que podía con su juego para armar, y durante sus horas de voluntario siempre estaba en zonas de obra. Los Ancianos lo sabían, por supuesto. A Andrei se le dio la Asignación de Ingeniero y estaba encantado.

—Después Andrei diseñó el puente que cruza el río al oeste del pueblo —dijo la madre de Jonas—. No existía cuando éramos niños.

—Muy pocas veces hay decepciones, Jonas. No creo

que necesites preocuparte por eso —lo tranquilizó su padre—. Y si las hay, sabes que existe un proceso de apelación.

Todos se rieron: una apelación pasaba a ser estudiada por un comité.

—Me preocupa un poco la Asignación de Asher —confesó Jonas—. Asher es muy *divertido*. Pero en realidad no tiene intereses serios. Él lo convierte todo en un juego.

Su padre se rio.

—¿Sabes? —dijo—. Recuerdo cuando Asher estaba en el Centro de Crianza, antes de que se le diera un nombre. Nunca lloraba. Se la pasaba riendo y haciendo ruidos felices. A todos nos encantaba hacernos cargo de Asher.

—Los Ancianos conocen a Asher —dijo su madre—. Encontrarán exactamente la Asignación correcta para él. No creo que necesites preocuparte por él. Pero, Jonas, déjame anticiparte algo que tal vez no se te ha ocurrido. Yo no pensé en eso hasta después de mi Ceremonia del Doce.

—¿De qué hablas?

—Bueno, es la última de las Ceremonias, como sabes. Después de los Doce, la edad no es importante. La mayoría dejamos de darle importancia a nuestra edad a medida que el tiempo pasa, aunque la información está en el Oficina de Registros Públicos, y podemos ir y buscarla, si queremos. Lo importante es la preparación para la vida adulta y el entrenamiento que recibirás para tu Asignación.

—Eso ya lo sé —dijo Jonas—. Todos lo saben.

—Pero significa —continuó su madre— que entrarás en un nuevo grupo, igual que cada uno de tus amigos. Ya no pasarás más tiempo con tu grupo de Onces. Después de la Ceremonia del Doce, estarás con el grupo de tu Asignación, quienes se encuentran en su período de capacitación. No más horas como voluntario. No más recreos. Así que tus amigos ya no estarán tan cerca.

Jonas negó con la cabeza.

—Asher y yo siempre seremos amigos —dijo con firmeza—. Y también iré a la escuela.

—Es verdad —convino su padre—. Pero lo que dijo tu madre también es verdad. Habrá cambios.

—Pero son cambios *para bien* —señaló su madre—. Después de mi Ceremonia del Doce, extrañé mis recreos infantiles. Pero cuando empecé mi entrenamiento en Ley y Justicia, conocí a personas que compartían mis intereses. Hice un nuevo tipo de amigos, de todas las edades.

—¿Y todavía jugaban después de los Doce? —preguntó Jonas.

—En ocasiones —replicó su madre—. Pero no me parecía tan importante.

—Yo sí —dijo su padre, riendo—. Todavía lo hago. Todos los días, en el Centro de Crianza, juego a hacer saltar sobre las rodillas a los niños, a taparme y destaparme la cara y a abrazar al peluche —Estiró la mano y acarició el pelo cuidadosamente recortado de Jonas—; la diversión no termina cuando te vuelves un Doce.

Apareció Lily, vistiendo su pijama, en la puerta. Lanzó un suspiro de impaciencia.

—Esta conversación privada está siendo muy *larga* —dijo—. Y hay ciertas personas que están esperando su objeto de seguridad.

—Lily —dijo su madre con cariño—, estás a punto de volverte una Ocho, y cuando seas una Ocho se te quitará tu objeto de seguridad. Será reciclado para los niños más pequeños. Debes empezar a dormir sin él.

Pero su padre ya se había acercado al estante para bajar el elefante de peluche que se guardaba allí. Muchos de los objetos de seguridad, como el de Lily, eran criaturas suaves, de peluche, imaginarias. El de Jonas se había llamado Oso.

—Aquí está, Lily-Billy —dijo—. Iré a ayudarte para que te quites los listones del cabello.

Jonas y su madre entornaron los ojos, pero los miraron de manera afectuosa mientras Lily y su padre se dirigían al dormitorio con el elefante de peluche que se le había dado como objeto de seguridad cuando nació. Su madre se pasó al escritorio grande y abrió su portafolios; al parecer, su trabajo no tenía fin, ni siquiera cuando estaba en casa, por la noche. Jonas fue a su propio escritorio y empezó a revisar sus papeles escolares para su tarea del día. Pero su mente aún estaba fija en diciembre y la Ceremonia que se avecinaba.

Aunque se había sentido tranquilizado por la charla con sus padres, no tenía la más remota idea de qué Asignación seleccionarían los Ancianos para su futuro, o cómo se sentiría cuando llegara el día.

CAPÍTULO 3

AH, MIRA! —gritó Lily entusiasmada—. ¿No es hermoso? ¡Ve lo pequeño que es! ¡Y tiene ojos chistosos como los tuyos, Jonas!

Jonas la miró. No le gustó que ella hubiera mencionado sus ojos. Esperó a que su padre castigara a Lily. Pero Papá estaba ocupado quitando las correas de la canasta de transporte de la parte trasera de su bicicleta. Se acercó para ver.

Fue lo primero que llamó la atención de Jonas cuando vio al niño mirando con curiosidad desde la canasta: sus ojos pálidos.

Casi todos los ciudadanos de la comunidad tenían

ojos oscuros. Sus padres los tenían así, igual que Lily, y también todos los miembros de su grupo y sus amigos. Pero había unas cuantas excepciones: el propio Jonas y una niña Cinco en la que se había fijado, que tenía ojos diferentes, más claros. Nadie lo mencionaba; no era una regla, pero se consideraba descortés llamar la atención sobre detalles inquietantes o diferentes que un individuo pudiera tener. Pensó que Lily tenía que aprenderlo pronto o sería castigada por su falta de consideración.

El padre estacionó la bicicleta. Luego levantó la canasta y la llevó al interior de la casa. Lily lo siguió, pero se giró para mirar a Jonas y bromeó:

—Tal vez tuvo la misma Madre Biológica que tú.

Jonas se encogió de hombros y los siguió adentro. Pero se sentía asustado por los ojos del niño. Los espejos eran raros en la comunidad; no estaban prohibidos, pero no eran realmente necesarios, y Jonas simplemente no se tomaba la molestia de mirarse aunque se encontrara en un lugar donde existía un espejo. Ahora, al ver al niño y su expresión, recordó que la claridad de sus ojos no solo era una rareza, sino que le daba a quien los tenía una cierta mirada. ¿Qué era? *De profundidad,* decidió; como si estuviera viendo el agua clara del río, hasta el fondo, donde podrían acechar cosas que aún no se habían descubierto. Tomó conciencia de ello al darse cuenta de que él también tenía esa mirada.

Fue a su escritorio, fingiendo que no estaba interesado en el niño. Al otro extremo de la sala, Mamá y Lily se inclinaban para mirarlo mientras Papá lo desenvolvía de su cobija.

—¿Cómo se llama su objeto de seguridad? —preguntó Lily, recogiendo la criatura de peluche que estaba colocada al lado del niño en su canasta.

El padre lo miró.

—Hipopótamo —dijo.

Lily se rio de la extraña palabra.

—¡Hipopótamo! —repitió y dejó el objeto de seguridad en su lugar. Miró al niño desenvuelto, que ya agitaba sus brazos.

—Creo que los niños son hermosos —suspiró Lily—. Espero que se me asigne para ser Madre Biológica.

—¡Lily! —Mamá habló con mucha firmeza—. No digas eso. Esa Asignación carece de honor.

—Pero estuve hablando con Natasha. ¿La conoces, la Diez que vive en la esquina? Ella pasa parte de sus horas como voluntaria en el Centro de Alumbramientos. Y me dijo que las Madres allí reciben comida maravillosa y tienen períodos de ejercicio muy tranquilos, y lo único que hacen casi todo el tiempo es jugar y divertirse mientras están esperando. Creo que a mí me gustaría eso —dijo Lily con petulancia.

—Tres años —dijo Mamá con firmeza—. Tres nacimientos y eso es todo. Después de eso son Obreras durante el resto de su vida adulta, hasta el día en que entran en la Casa de los Viejos. ¿Es lo que quieres, Lily? ¿Tres años de ocio y luego dura labor física hasta que llegues a vieja?

—Bueno, no, supongo que no —reconoció Lily con renuencia.

El padre volteó al niño, poniéndolo boca abajo en la canasta. Se sentó junto a él y acarició su pequeña espalda con un movimiento rítmico.

—De todos modos, Lily-Billy —dijo él, afectuosamente—, las Madres Biológicas nunca llegan a ver a los niños. Si tú disfrutas tanto a los pequeños, debes esperar una Asignación como Criadora.

—Cuando seas una Ocho y empieces tus horas como

voluntaria, puedes probar en el Centro de Crianza —sugirió Mamá.

—Sí, creo que lo haré —dijo Lily. Se hincó junto a la canasta—. ¿Cómo dices que se llama? ¿Gabriel? Hola, Gabriel —dijo con voz cantarina. Luego se rio—. Huy —susurró—. Creo que está dormido. Supongo que mejor debo callarme.

Jonas volvió a poner atención a las tareas escolares que tenía sobre su escritorio. «Hay pocas posibilidades de que *eso* pase», pensó. Lily *nunca* estaba callada. Tal vez ella debería esperar una Asignación como Locutora, para que pudiera sentarse en una oficina con un micrófono todo el día, leyendo comunicaciones. Se rio para sus adentros, imaginando a su hermana hablando con esa voz de persona importante que todos los Locutores parecían desarrollar, y diciendo cosas como «ATENCIÓN. SE RECUERDA A TODAS LAS NIÑAS MENORES DE NUEVE QUE DEBEN TENER SUS LISTONES BIEN ATADOS TODO EL TIEMPO».

Se volvió hacia Lily y notó, para su propia satisfacción, que tenía, como siempre, los listones sueltos y colgando. Habría pronto un anuncio como ese, estaba seguro, y se dirigiría sobre todo a Lily, aunque, por supuesto, no se mencionaría su nombre. Todos lo sabrían.

Recordó con humillación que todos habían sabido que el anuncio «ATENCIÓN. SE RECUERDA A TODOS LOS ONCES QUE NO SE DEBEN RETIRAR LOS OBJETOS DEL ÁREA DE RE-CREO Y QUE LOS ALIMENTOS SON PARA COMERSE, NO PARA ALMACENARSE» había sido dirigido específicamente a él, un día del mes pasado en que se había llevado una manzana a casa. Nadie lo había mencionado, ni siquiera sus padres, porque el anuncio público había sido suficiente para pro-ducir el remordimiento oportuno. Por supuesto, él había tirado la manzana y se había disculpado con el Director de Recreo a la mañana siguiente, antes de clase.

Jonas pensó de nuevo en el incidente. Seguía perplejo. No por el anuncio o la obligación de disculparse (esos eran procedimientos estándar y los había merecido), sino por el incidente en sí. Probablemente debió haber expuesto sus sentimientos de confusión esa misma noche, cuando la unidad familiar había compartido sus sentimientos del día. Pero no había logrado ordenarlos y poner un nombre a la fuente de la confusión, así que lo dejó pasar.

Había sucedido durante el recreo, cuando estaba jugando con Asher. Jonas había tomado de manera casual una manzana de la canasta donde se conservaban los alimentos, y se la había lanzado a su amigo. Asher se la había regresado, empezando un sencillo juego en que uno la lanzaba y el otro la atrapaba.

No tenía nada especial; era una actividad que había realizado infinidad de veces: lanzar, atrapar; lanzar, atrapar. No representaba esfuerzo alguno para Jonas, y hasta le resultaba aburrida, aunque Asher la disfrutaba. Además, jugar a atrapar era una actividad obligatoria para Asher, porque servía para mejorar su coordinación visual y motora, que no alcanzaba los estándares.

Pero de pronto Jonas había notado, al seguir con la vista la trayectoria de la manzana en el aire, que la fruta había... (bueno, esa era la parte que no podía comprender adecuadamente), que la manzana había *cambiado*. Solo por un instante. Recordaba que había cambiado en el aire. Luego la tuvo en su mano y la miró con cuidado, pero era la misma manzana. Sin ningún cambio. El mismo tamaño y la misma forma; una esfera perfecta. El mismo tono difícil de describir, casi como el de su propia túnica.

No había absolutamente nada notable en esa manzana.

La había lanzado de una mano a la otra unas cuantas veces; luego se la había lanzado de nuevo a Asher. Y una vez más (en el aire, solo por un instante) había cambiado.

Había pasado cuatro veces. Jonas parpadeó, miró a su alrededor y luego puso a prueba su vista, entrecerrando los ojos y fijándolos en las pequeñas letras impresas sobre el gafete de identificación que estaba cosido a su túnica. Leyó su nombre con toda claridad. También podía ver con claridad a Asher en el otro extremo del área de lanzamiento. Y no había tenido problema para atrapar la manzana.

Jonas estaba completamente confundido.

—¿Ash? —gritó—. ¿Ves algo extraño en la manzana?

—Sí —le respondió Asher, riendo—. ¡Salta de mi mano al suelo! —Se le había caído de nuevo.

De modo que Jonas también se rio, y con su risa trató de ignorar la inquietante convicción de que *algo* había pasado. Pero se llevó la manzana a casa, rompiendo las reglas del área de recreo. Esa noche, antes de que sus padres y Lily llegaran a la casa, la sostuvo en sus manos y la miró con detenimiento. Estaba un poco golpeada, porque Asher la dejó caer varias veces. Pero no había nada inusual en la manzana.

Le acercó una lupa. La lanzó varias veces al otro lado de la habitación, siguiéndola con la vista, y luego la hizo girar una y otra vez sobre su escritorio, esperando que aquello pasara de nuevo.

Pero no. Lo único que pasó fue el anuncio, esa noche, en las bocinas, dirigido exclusivamente a él, sin mencionar su nombre, que había provocado que sus padres miraran con interés el escritorio donde aún estaba la manzana.

En ese momento, sentado ante su escritorio, con los ojos fijos en sus tareas escolares mientras su familia revoloteaba alrededor de la canasta del niño, sacudió la cabeza, tratando de olvidar el extraño incidente. Se esforzó en organizar sus papeles y trató de estudiar un poco antes de la cena. El niño, Gabriel, se agitaba y gemía, y Papá le hablaba con suavidad a Lily, explicándole el procedimiento de alimentación mientras abría el contenedor que contenía la leche para bebés y los instrumentos.

La noche transcurrió como todas las noches en la unidad familiar, en la vivienda, en la comunidad: tranquila, reflexiva, como un tiempo de renovación y preparación para el día siguiente. Solo fue diferente por la incorporación del niño, con sus ojos pálidos, solemnes e inteligentes.

CAPÍTULO 4

JONAS AVANZABA EN SU BICICLETA a ritmo pausado, mirando los estacionamientos para bicicletas junto a los edificios por si distinguía la de Asher. No pasaba a menudo sus horas como voluntario con su amigo porque Asher tonteaba con frecuencia y dificultaba un poco el trabajo en serio. Pero ahora que la Ceremonia del Doce estaba tan próxima y las horas como voluntario llegaban a su fin, no parecía importante.

La libertad para elegir dónde pasar esas horas siempre le había parecido un lujo maravilloso a Jonas; las demás horas del día estaba reguladas minuciosamente.

Recordó cuando se había vuelto un Ocho, como Lily haría pronto, y había enfrentado esa libertad de elección.

Los Ochos siempre pasaban su primera hora como voluntarios un poco nerviosos, riendo con su grupo de amigos. Casi siempre hacían sus primeras horas en Servicios de Recreo, ayudando a los más pequeños en un lugar donde aún se sentían cómodos. Pero con la orientación debida, a medida que desarrollaban confianza en sí mismos y madurez, pasaban a otros trabajos, gravitando hacia los que serían más adecuados para sus propios intereses y habilidades.

Un Once llamado Benjamin había pasado casi todos sus cuatro años en el Centro de Rehabilitación, trabajando con ciudadanos heridos. Se rumoraba que tenía tanta habilidad como los propios Directores de Rehabilitación y que incluso había desarrollado algunas máquinas y ciertos métodos para acelerar la rehabilitación. No había duda de que Benjamin recibiría su Asignación en ese campo y que tal vez se le permitiría pasar por alto la mayor parte del entrenamiento.

Jonas estaba impresionado por lo que Benjamin había logrado. Lo conocía, por supuesto, porque siempre habían sido compañeros de grupo, pero nunca habían hablado sobre aquellos logros porque esa conversación habría sido incómoda para Benjamin. Nunca había una manera sencilla de mencionar o comentar los éxitos propios sin romper la regla que prohibía presumir, aunque no se tuviera la intención. Era una regla menor, casi una falta de cortesía, que se castigaba solo con un regaño sutil. De todos modos, era mejor alejarse de una circunstancia regida por una regla que se podía romper con tanta facilidad.

Cuando dejó atrás el área de viviendas, Jonas recorrió las edificaciones de la comunidad, esperando distinguir la bicicleta de Asher estacionada junto a una de las pequeñas fábricas o edificios de oficinas. Pasó el Centro de Cuidado Infantil, donde iba Lily después de la escuela, y las áreas de juego que lo rodeaban. Pasó por la Plaza Central y el gran Auditorio, donde se celebraban las asambleas públicas.

Jonas redujo la velocidad y miró las placas de las bicicletas con los nombres de sus dueños alineadas fuera del Centro de Crianza. Luego revisó las que estaban fuera de Distribución de Alimentos; siempre era divertido ayudar con las entregas, y esperaba encontrar allí a su amigo para que pudieran hacer juntos las rondas diarias, transportando las cajas de cartón con suministros a las viviendas de la comunidad. Pero finalmente encontró la bicicleta de Asher (recargada, como siempre, en lugar de estar derecha en su estacionamiento, como debería) en la Casa de los Viejos.

Solo había otra bicicleta infantil, la de una niña llamada Fiona. A Jonas le agradaba Fiona. Era una buena estudiante, callada y cortés, pero también tenía sentido del humor, y no le sorprendió que estuviera trabajando aquel día con Asher. Estacionó su bicicleta con cuidado junto a las de ellos y entró en el edificio.

—Hola, Jonas —dijo la asistente en la recepción.

Le entregó la hoja de firmas y estampó su propio sello oficial junto a la firma. Todas sus horas como voluntario se tabularían con cuidado en la Oficina de Registros Públicos. Una vez, hace mucho tiempo, circulaba entre los niños el rumor de que un Once había llegado a la Ceremonia del Doce para escuchar el anunció público de que no había completado el número obligatorio de horas como voluntario y que, por tanto, no se le daría su Asignación. Se le concedió un mes adicional para completar las horas y luego se le dio su Asignación en privado, sin aplauso ni celebración: una deshonra que había nublado todo su futuro.

—Es bueno tener algunos voluntarios —le dijo la

asistente—. Celebramos una liberación esta mañana y eso siempre altera un poco el programa, de modo que las cosas se retrasaron. —Consultó una hoja impresa—. Déjame ver, Asher y Fiona están ayudando en la sala de baños. ¿Por qué no vas con ellos? Sabes dónde está, ¿verdad?

Jonas asintió, le dio las gracias y caminó por el largo pasillo. Miró los cuartos a ambos lados. Los Viejos estaban sentados en silencio; algunos estaban visitando a otros y hablaban entre sí; otros hacían trabajos manuales o artesanías simples. Unos cuantos dormían. Cada cuarto tenía muebles cómodos, los pisos estaban cubiertos con alfombras gruesas. Era un lugar sereno en que las cosas sucedían con calma, a diferencia de los agitados centros de fabricación y distribución, donde se hacía el trabajo diario de la comunidad.

Jonas estaba contento de haber elegido hacer sus horas, a lo largo de los años, en diversos lugares, para poder experimentar las diferencias. Aunque se daba cuenta de que el hecho de no haberse concentrado en un área significaba que no tenía la menor idea, ni siquiera una suposición, de cuál sería su Asignación.

Se rio un poco. «¿Pensando de nuevo en la Ceremonia, Jonas?», bromeó consigo mismo. Pero sospechaba que, como la fecha estaba tan cercana, tal vez todos sus amigos también estarían pensando en lo mismo.

Pasó junto a un Cuidador, que paseaba lentamente a una de las Viejas por el pasillo.

—Hola, Jonas —dijo el joven uniformado, sonriendo afablemente.

La mujer que iba a su lado, a la que llevaba del brazo, iba encorvada y arrastraba sus pies, calzados con zapatillas cómodas. Miró a Jonas y sonrió, pero sus ojos oscuros estaban nublados y en blanco. Jonas se dio cuenta de que era ciega.

Entró en la sala de baños, donde el aire era húmedo y caliente, y había un aroma a lociones limpiadoras. Se quitó la túnica, la colgó con cuidado en un gancho de la pared y se puso la bata de voluntario que estaba doblada en un estante.

—¡Hola, Jonas! —gritó Asher desde el rincón donde estaba hincado junto a una tina.

Jonas vio a Fiona cerca, junto a otra tina. Ella levantó la vista y le sonrió, pero estaba ocupada, lavando con suavidad a un hombre que descansaba en el agua caliente.

Jonas los saludó y también a los asistentes que trabajaban cerca. Luego fue a la fila de camastros de descanso donde otros Viejos esperaban. Ya había trabajado antes allí; sabía qué hacer.

—Su turno, Larissa —dijo, leyendo la etiqueta de identificación de la bata de la mujer—. Voy a abrir el agua y luego la ayudaré a levantarse.

Pulsó el botón de una tina desocupada que estaba cerca y observó cómo el agua caliente fluía por las muchas aperturas de los lados. La tina se llenaría en un minuto y el agua dejaría de salir de manera automática.

Ayudó a la mujer a levantarse de la silla, la condujo a la tina, le quitó la bata y la sujetó del brazo mientras ella entraba en la tina y se sentaba. Ella se recargó hacia atrás y suspiró con placer, apoyando la cabeza sobre un descanso acolchado y suave.

—¿Está cómoda? —preguntó Jonas.

Ella asintió con los ojos cerrados.

Jonas echó loción limpiadora sobre la esponja limpia que había a la orilla de la tina y empezó a lavar su frágil cuerpo.

La noche anterior, había visto cómo su padre bañaba al

niño. Era muy parecido: la piel delicada, el agua tranquilizadora, el movimiento suave de la mano resbalando con el jabón. La sonrisa relajada, en paz, en el rostro de la mujer le recordó a Gabriel mientras lo bañaban.

Y la desnudez también. Era contra las reglas que los jóvenes o los adultos se vieran desnudos unos a otros; pero la regla no aplicaba a los niños ni a los Viejos. Jonas estaba contento. Era una molestia tener que cubrirse mientras se cambiaba para los juegos, y la obligación de disculparse cuando uno veía por error el cuerpo de otro siempre resultaba incómoda. No podía comprender por qué era necesaria. Le gustaba la sensación de seguridad que había, en ese cuarto tranquilo y callado; le gustaba la expresión de confianza que había en el rostro de la mujer mientras reposaba en el agua, sin protección, expuesta y libre.

Por el rabillo del ojo vio que su amiga Fiona ayudaba al viejo a salir de la tina y daba tiernas palmadas en su cuerpo desnudo y delgado para secarlo con una tela absorbente. Después le ayudó a ponerse su bata.

Jonas creyó que Larissa se había quedado dormida, como hacían los Viejos a menudo, y tuvo cuidado de mantener sus movimientos constantes y ligeros para no despertarla. Se sorprendió cuando ella habló, con los ojos aún cerrados.

—Esta mañana celebramos la liberación de Roberto —le dijo—. Fue maravilloso.

—¡Yo conocía a Roberto! —dijo Jonas—. Le ayudé a comer la última vez que estuve aquí, hace apenas unas semanas. Era un hombre muy interesante.

Larissa abrió los ojos con expresión alegre.

—Él contó toda su vida antes de que lo liberaran —dijo ella—. Siempre lo hacen. Pero para ser honesta —murmuró con una sonrisa maliciosa—, algunas de las historias son un poco aburridas. Incluso he visto que algunos de los Viejos se duermen durante los relatos, como cuando liberaron a Edna hace poco. ¿Conocías a Edna?

Jonas negó con la cabeza. No recordaba a alguien llamado Edna.

—Bueno, trataron de hacer que su vida sonara interesante. Y, por supuesto —añadió ella con remilgos—, todas las vidas *son* interesantes, no quiero decir que no lo sean. Pero *Edna*. ¡En fin! Ella fue Madre Biológica y luego trabajó en Producción de Alimentos durante años, hasta que llegó aquí. Ni siquiera tuvo una unidad familiar.

Larissa levantó la cabeza y miró alrededor para asegurarse de que nadie más escuchara. Entonces confesó:

—No creo que Edna fuera muy inteligente.

Jonas se rio. Enjuagó el brazo izquierdo de ella, lo dejó en el agua y empezó a lavar sus pies. Ella murmuró con placer mientras él los masajeaba con la esponja.

—Pero la vida de Roberto fue maravillosa —siguió Larissa, después de un instante—. Fue Instructor de Onces, ya sabes lo importante que es eso, y participó en el Comité de Planeación. Y, por todos los cielos, no sé de dónde sacaba tiempo, crio a dos hijos exitosos y *también* fue quien diseñó el paisajismo de la Plaza Central. Por supuesto, él no hizo el trabajo materialmente.

—Ahora su espalda. Inclínese hacia delante y la ayudaré a sentarse. —Jonas pasó su brazo alrededor de ella y la sostuvo mientras se sentaba. Pasó la esponja por su espalda y empezó a frotar sus hombros huesudos—. Cuénteme cómo fue la celebración.

—Bueno, se narró la historia de su vida. Eso siempre es primero. Luego el brindis. Todos levantamos nuestros vasos y brindamos. Cantamos el himno. Él hizo un adorable discurso de despedida. Y varios de nosotros hicieron pequeños discursos deseándole que le vaya bien, pero yo no. Nunca me ha gustado hablar en público. Él estaba entusiasmado —añadió—. Hubieras visto su cara cuando lo dejaron irse.

Jonas hizo más lentos los movimientos de su mano en la espalda de ella, frotándola con esmero.

—Larissa —dijo—, ¿qué pasa cuando hacen la liberación? ¿Adónde se fue exactamente Roberto?

Ella levantó un poco sus hombros húmedos y desnudos.

—No lo sé. No creo que nadie lo sepa, excepto el comité. Roberto tan solo se inclinó ante nosotros y se fue caminando, como hacen todos, por la puerta especial en la Sala de Liberación. Pero hubieras visto su mirada. La llamaría de felicidad pura.

En el rostro de Jonas se dibujó una amplia sonrisa.

—Me hubiera gustado verlo.

Larissa frunció el ceño.

—No sé por qué no dejan que los niños vengan. Supongo que no hay espacio suficiente. Deberían ampliar la Sala de Liberación.

—Tendremos que sugerírselo al comité. Tal vez lo estudien —dijo Jonas con malicia, y Larissa se rio alegremente.

—¡*Tienes razón!* —exclamó, y Jonas la ayudó a salir de la tina.

CAPÍTULO 5

POR LO GENERAL, en el ritual matutino en el que los integrantes de la familia contaban sus sueños, Jonas no aportaba mucho. Muy pocas veces soñaba. En ocasiones despertaba con una sensación de fragmentos flotantes de su sueño, pero no podía aprehenderlos y unirlos en algo que valiera la pena contar en el ritual.

Pero aquella mañana fue diferente. Había tenido un sueño muy vivo la noche anterior.

Su mente vagaba mientras Lily, como siempre, relataba un sueño muy largo, una pesadilla en la que ella estaba paseando en la bicicleta de su madre, quebrantando las reglas, y la atrapaban los Guardias de Seguridad.

Todos escucharon con atención y analizaron con Lily la advertencia que el sueño le había hecho.

—Gracias por tu sueño, Lily —Jonas dijo la frase estándar automáticamente y trató de poner más atención mientras su madre contaba un fragmento de sueño, una escena inquietante donde la castigaban por la infracción a una regla que no entendía. Juntos, estuvieron de acuerdo en que tal vez se debía a sus sentimientos cuando había impuesto con renuencia un castigo al ciudadano que había roto reglas importantes por segunda ocasión.

Papá dijo que no había tenido sueños.

—¿Gabe? —preguntó Papá, mientras miraba la canasta en que descansaba el niño gorjeando después de comer, listo para regresar al Centro de Crianza para pasar el día.

Todos rieron. El relato de los sueños empezaba con los Treses. Nadie sabía si los niños más pequeños soñaban.

—¿Jonas? —preguntó Mamá.

Siempre preguntaban, aunque sabían que muy pocas veces Jonas tenía un sueño que contar.

—Yo *sí* soñé anoche —les dijo. Se movió en su silla, frunciendo el ceño.

—Bien —dijo Papá—. Cuéntanos.

—En realidad los detalles no están claros —explicó Jonas, tratando de recrear el extraño sueño en su mente—. Creo que estaba en en la sala de baños de la Casa de los Viejos.

—Allí fue donde estuviste ayer —señaló Papá.

Jonas asintió.

—Pero en realidad no era lo mismo. En el sueño, había una tina. Pero solo una. Y la sala de baños real tiene filas y filas de ellas. Pero la sala en el sueño era cálida y estaba llena de vapor. Y me había quitado la túnica, pero no me había puesto la bata, de modo que tenía el pecho descubierto. Estaba sudando, porque hacía mucho calor. Y Fiona se encontraba allí, tal como la vi ayer.

—¿También estaba Asher? —preguntó Mamá.

Jonas negó con la cabeza.

—No. Solo estábamos Fiona y yo en la sala, de pie junto a la tina. Ella se estaba riendo. Pero yo no. Yo estaba casi enojado con ella, en el sueño, porque no me estaba tomando en serio.

—¿En serio sobre qué? —preguntó Lily.

Jonas miró su plato. Por alguna razón que no comprendía, se sentía un poco avergonzado.

—Creo que trataba de convencerla de que debía entrar en la tina, que estaba llena de agua. —Hizo una pausa. Sabía que tenía que contarlo *todo*, que no solo era correcto sino necesario contar el sueño completo. De modo que se esforzó para relatar la parte que lo inquietaba—. Quería que se quitara la ropa y que entrara en la tina —explicó rápidamente—. Quería bañarla. Tenía la esponja en mi mano. Pero ella no quería. Ella seguía riéndose y diciendo que no.

Volteó a mirar a sus padres.

—Eso es todo —dijo.

—¿Puedes describir los sentimientos más fuertes de tu sueño, hijo? —preguntó Papá.

Jonas lo pensó. Los detalles le parecían oscuros y vagos. Pero los sentimientos eran claros y fluían de nuevo a medida que pensaba en ellos.

—El *deseo* —dijo—. Sabía que ella no sentía lo mismo. Y creo que yo sabía que ella *no debía sentirlo*. Pero yo lo deseaba terriblemente. Podía sentir que lo deseaba con todo mi ser.

—Gracias por tu sueño, Jonas —dijo Mamá después de un momento. Miró a Papá.

—Lily —dijo Papá—, es hora de que te vayas a la escuela. ¿Podrías caminar junto a mí esta mañana y echar un ojo a la canasta del niño? Queremos asegurarnos de que no se mueve demasiado, porque podría soltarse.

Jonas empezó a levantarse para recoger sus libros escolares. Pensó que era sorprendente que no hubieran hablado más de su sueño antes de dar las gracias. Tal vez les había parecido tan confuso como a él.

—Espera, Jonas —dijo Mamá, con amabilidad—. Escribiré una disculpa a tu Instructor para que no tengas que pronunciar una por llegar tarde.

Se volvió a hundir en su silla, desconcertado. Hizo adiós con la mano a Papá y a Lily mientras dejaban la casa, cargando a Gabe en su canasta. Observó cómo Mamá ordenaba los restos del desayuno y colocaba la charola junto a la puerta principal para la Brigada de Recogida.

Por último, se sentó junto a él a la mesa.

—Jonas —dijo con una sonrisa—, los sentimientos que describiste como deseo fueron tu primera Excitación. Papá y yo estábamos esperando a que te pasara. Les pasa a todos. Le pasó a Papá cuando tenía tu edad. Y me pasó a mí. Algún día le pasará a Lily. Y a menudo —agregó Mamá—, empieza con un sueño.

Excitación. Había escuchado antes la palabra. Recordaba que había una referencia a la Excitación en el Libro de Reglas, aunque no recordaba lo que decía. Y de vez en cuando el Locutor la mencionaba. «ATENCIÓN. SE LES RECUERDA QUE DEBE REPORTARSE TODA EXCITACIÓN PARA QUE SE APLIQUE EL TRATAMIENTO».

Él siempre había ignorado el anuncio porque no lo comprendía y nunca parecía aplicarse a él de manera alguna. Ignoraba, como la mayoría de los ciudadanos, muchas de las órdenes y los recordatorios que leía el Locutor.

—¿Tengo que reportarla? —preguntó a su madre.

Ella se rio.

—Ya lo hiciste al contar el sueño. Con eso basta.

—¿Y qué hay del tratamiento? El Locutor dice que debe aplicarse el tratamiento.

Jonas se sintió miserable. Justo cuando la Ceremonia estaba por celebrarse, su Ceremonia del Doce, ¿tendría que ir a algún lugar a recibir tratamiento solo por un sueño estúpido?

Pero su madre se rio de nuevo, de una manera reconfortante y afectuosa.

—No, no —dijo ella—. Solo hay que tomar las píldoras. Estás listo para las píldoras, eso es todo. Ese es el tratamiento para la Excitación.

Jonas se animó. Sabía de las píldoras. Sus padres las tomaban todas las mañanas. Y sabía que también lo hacían algunos de sus amigos. Una vez se dirigía a la escuela con Asher, cada uno en su bicicleta, cuando el padre de Asher lo llamó desde la puerta de su casa.

—¡Olvidaste tu píldora, Asher!

Asher había suspirado con resignación, había dado vuelta a su bicicleta y regresado a su casa mientras Jonas esperaba.

Era el tipo de cosas que no se preguntaba a un amigo porque podría caerse en la incómoda categoría de «ser diferente». Asher tomaba una píldora cada mañana; Jonas, no. Siempre era mejor, menos descortés, hablar de cosas que se compartían.

Tragó la pequeña píldora que su madre le entregó.

—¿Eso es todo? —preguntó él.

—Eso es todo —respondió ella, regresando el frasco

a la alacena—. Pero no debes olvidarla. Te la recordaré las primeras semanas, pero luego debes tomarla tú mismo. Si la olvidas, la Excitación regresará. Los sueños de Excitación regresarán. A veces debe ajustarse la dosis.

—Asher las toma —le confió Jonas.

Su madre asintió, sin sorprenderse.

—Muchos de tus compañeros de grupo probablemente las toman. Por lo menos los varones. Y pronto lo harán todos. Las muchachas también.

—¿Cuánto tiempo debo tomarlas?

—Hasta que entres en la Casa de los Viejos —explicó ella—. Durante toda tu vida de adulto. Pero se vuelve una rutina; después de un tiempo, ni siquiera les prestarás mucha atención. —Ella miró su reloj—. Si te vas ahora, ni siquiera llegarás tarde a la escuela. Apúrate. Y gracias de nuevo, Jonas, por tu sueño —agregó, mientras él se acercaba a la puerta.

Pedaleando con rapidez por el camino, Jonas se sintió extrañamente orgulloso de unirse a quienes tomaban las píldoras. Sin embargo, por un momento, recordó de nuevo el sueño. Había sido placentero. Aunque los sentimientos eran confusos, pensaba que le había gustado el sentimiento que su madre había llamado Excitación. Recordaba que al despertar quería sentir de nuevo la Excitación.

Luego, de la misma manera en que su propia vivienda quedaba atrás mientras daba vuelta en la esquina en su bicicleta, el sueño desapareció de sus pensamientos. Por un momento, sintiendo un poco de culpa, trató de mantenerlo. Pero los sentimientos habían desaparecido. La Excitación se había ido.

CAPÍTULO 6

LILY, POR FAVOR, quédate quieta —repitió Mamá.

Lily, de pie delante de ella, se movía con impaciencia.

—Puedo amarrarlos yo misma —se quejaba—. Siempre he podido.

—Lo sé —replicó Mamá, apretando los listones para el cabello en las trenzas de la niña—. Pero también sé que constantemente se sueltan y casi siempre por la tarde ya te están colgando en la espalda. Hoy, por lo menos, queremos que estén bien atados y *se queden* así.

—No me gustan los listones para el pelo. Me alegro de que solo tenga que llevarlos un año más —dijo Lily, con irritación—. El año que viene me darán también mi bicicleta —añadió con más alegría.

—Hay cosas buenas cada año —le recordó Jonas—. Este año empezarás a tener tus horas como voluntaria. ¿Y recuerdas que el último año, cuando te volviste una Siete, estabas muy feliz de tener una camisa que se abotona al frente?

La niña asintió y miró hacia abajo, la camisa con su fila de grandes botones que la distinguía como una Siete. Cuatros, Cincos y Seises tenían camisas que se abotonaban por detrás, para que tuvieran que ayudarse entre sí y aprendieran la interdependencia.

La camisa que se abotonaba al frente era el primer signo de independencia, el primer símbolo muy visible de crecimiento. La bicicleta, a los Nueve, sería el emblema poderoso de salir gradualmente a la comunidad, lejos de la unidad familiar protectora.

Lily se rio y se alejó de su madre.

—Y este año tendrás tu Asignación —le dijo a Jonas, con emoción—. Espero que seas Piloto. ¡Y que me lleves en avión!

—Seguro que lo hare —dijo Jonas—. Y tendré un

pequeño paracaídas especial de tu tamaño, y te subiré, digamos, a unos seis mil metros de altura, abriré la puerta y.

—¡Jonas! —lo previno Mamá.

—Solo bromeaba —gimió Jonas—. No quiero ser Piloto, de todos modos. Si me asignan Piloto, apelaré.

—Vamos —dijo Mamá. Les dio a los listones de Lily un último apretón—. Jonas, ¿estás listo? ¿Tomaste tu píldora? Quiero tener un buen lugar en el Auditorio. —Empujó con suavidad a Lily hacia la puerta principal, y Jonas las siguió.

Era un trayecto corto hasta el Auditorio, y Lily fue saludando con la mano a sus amigos desde el asiento trasero de la bicicleta de Mamá. Jonas dejó su bicicleta junto a la de Mamá y se abrió paso entre la multitud para encontrar a su grupo.

Toda la comunidad asistía a la Ceremonia cada año. Para los padres, representaba unas vacaciones de dos días; se sentaban juntos en la enorme sala. Los niños permanecían con sus grupos hasta que subían, uno por uno, al escenario.

Pero Papá no estaría junto a Mamá en el público al principio. Para la primera ceremonia, la Designación de

Nombres, los Criadores llevaban a los niños al escenario. Jonas, desde su lugar en el balcón con los Onces, paseó la vista por el Auditorio para tratar de ver a Papá. No era difícil distinguir la sección de los Criadores al frente; de allí venían los gemidos y los lloros de los niños que se sentaban inquietos en el regazo de estos. En todas las demás ceremonias públicas, la audiencia estaba en silencio y atenta. Pero una vez al año, todos sonreían con indulgencia ante el alboroto de los pequeños que esperaban la designación de sus nombres y la entrega a sus familias.

Jonas por fin captó la atención de su padre y lo saludó agitando la mano; Papá le sonrió y le devolvió el saludo, luego tomó la mano del niño que tenía en su regazo, haciendo que también saludara.

No era Gabriel. Gabe estaba en el Centro de Crianza y el turno de noche lo estaba cuidando. El comité le había dado un indulto inusual y especial, otorgándole un año más de crianza antes de la Designación de Nombre y la Colocación. Papá había ido ante el comité con una solicitud a favor de Gabriel, que aún no había alcanzado el peso apropiado para los días que tenía de vida ni había empezado a dormir por la noche con la tranquilidad suficiente como para que se le colocara con su unidad familiar. Por lo general, a ese tipo de niño se le habría etiquetado como Inadecuado y habría sido liberado de la comunidad.

En cambio, como resultado de la petición de Papá, a Gabriel se le había etiquetado como Incierto y se le había concedido un año adicional. Se le seguiría criando en el Centro y pasaría las noches con la unidad familiar de Jonas. Se había pedido que todos los integrantes de la familia, incluida Lily, firmaran una carta-compromiso de que no crearían lazos afectivos con aquel pequeño invitado temporal y que lo entregarían sin protestas ni apelaciones cuando se le asignara una unidad familiar propia en la Ceremonia del año siguiente.

Jonas pensó que, por lo menos, después de que se colocara a Gabriel el año siguiente, ellos aún lo verían con frecuencia porque sería parte de la comunidad. Si lo hubieran liberado, no lo volverían a ver. Nunca. A las personas liberadas (incluidos los niños), se las enviaba a Otro Lugar y nunca regresaban a la comunidad.

Papá no había tenido que liberar a un solo niño aquel año, de modo que Gabriel habría representado un fracaso real y una tristeza. Incluso Jonas, aunque él no revoloteaba sobre el pequeño como Lily y su padre, estaba contento de que no se hubiera liberado a Gabe.

La primera Ceremonia empezó justo a tiempo, y Jonas observó cómo se designaba un nombre para cada niño y luego los Criadores los entregaban a su nueva unidad familiar. Para algunos, era el primer niño. Pero muchos subían al escenario acompañados por otro niño, que resplandecía con orgullo a recibir a su hermanito o hermanita, de la misma manera en que Jonas lo había hecho cuando era casi un Cinco.

Asher le dió un codazo.

—¿Recuerdas cuando nos entregaron a Phillipa? —le preguntó en un susurro que, de todos modos, se oyó a distancia.

Jonas asintió. Apenas había sido el año anterior. Los padres de Asher habían esperado mucho tiempo antes de hacer la solicitud de un segundo hijo. Jonas sospechaba que estaban tan agotados por el vivaz atolondramiento de Asher que habían necesitado un poco más de tiempo.

Dos niñas de su grupo, Fiona y otra llamada Thea, se habían ausentado temporalmente, porque esperaban con sus padres la recepción de niños. Pero era raro que hubiera esa diferencia de edad entre niños en una unidad familiar.

Cuando terminó la ceremonia de su familia, Fiona tomó el asiento que se le había guardado en la fila anterior a la de Asher y Jonas.

—Es hermoso —se dio vuelta y les susurró—. Pero no me gusta mucho su nombre. —Hizo una mueca y lanzó una risita. Al nuevo hermano de Fiona se le había designado el nombre de Bruno. Jonas pensó que no era un gran nombre, como... bueno, como Gabriel, por ejemplo. Pero estaba bien.

El aplauso de la audiencia, que se mostraba entusiasta ante cada Designación de Nombre, creció eufóricamente cuando un par de padres, llenos de orgullo, recibieron a un varón y escucharon que se llamaba Caleb.

Aquel nuevo Caleb era un niño de reemplazo. La pareja había perdido a su primer Caleb, un pequeño y alegre Cuatro. La pérdida de un niño era muy, muy rara. La comunidad era extraordinariamente segura; cada ciudadano cuidaba y protegía a todos los niños. Pero de alguna manera el primer Caleb se había alejado sin que nadie se diera cuenta y había caído al río. Toda la comunidad había celebrado, unida, la Ceremonia de la Pérdida, murmurando el nombre de Caleb durante un día completo, cada vez de manera más aislada y a un volumen más suave, a medida que avanzaba ese largo y sombrío día, de modo que el pequeño Cuatro parecía alejarse gradualmente de la conciencia de todos.

Ahora, con aquella Designación de Nombre especial, la comunidad realizó la breve Ceremonia del Murmullo de Reemplazo, repitiendo el nombre por primera vez desde la pérdida: en voz baja y despacio al principio, y luego cada vez más rápido y a mayor volumen, mientras la pareja permanecía de pie en el escenario con el niño durmiendo en los brazos de la madre. Era como si el primer Caleb estuviera regresando.

A otro niño se le dio el nombre de Roberto, y Jonas recordó que Roberto el Viejo había sido liberado apenas la semana anterior. Pero no hubo Ceremonia del Murmullo de Reemplazo para el nuevo y pequeño Roberto. Liberación no era lo mismo que Pérdida.

Permaneció sentado educadamente durante las ceremonias del Dos, Tres y Cuatro, aburriéndose cada vez más como cada año. Luego hubo un descanso para el almuerzo (que se servía al aire libre), y regresaron a sus asientos para las ceremonias del Cinco, Seis, Siete y, por último, al final del primer día, Ocho.

Jonas miró y aplaudió mientras Lily marchaba orgullosamente al escenario, se volvía una Ocho y recibía la camisa de identificación que vestiría ese año, con botones más pequeños y, por primera vez, bolsillos, lo que indicaba que era lo bastante madura para cuidar de sus pequeñas pertenencias. Ella permaneció de pie, escuchando solemnemente el discurso de instrucciones firmes sobre las responsabilidades del Ocho y sobre hacer horas como voluntaria por primera vez. Pero Jonas podía ver que Lily, aunque parecía atenta, miraba con admiración la fila de bicicletas brillantes que serían presentadas al día siguiente por la mañana a los Nueves.

«El próximo año, Lily-Billy», pensó Jonas.

Fue un día agotador, y hasta Gabriel, a quien habían recogido en su canasta del Centro de Crianza, durmió profundamente esa noche.

Por fin era la mañana de la Ceremonia del Doce.

✳ ✳ ✳

Ese día Papá sí se sentó junto a Mamá entre el público. Jonas pudo ver que aplaudían respetuosamente mientras los Nueves, uno por uno, salían del escenario empujando sus nuevas bicicletas, cada una con una brillante etiqueta con su nombre pegada en la parte de atrás. Sabía que sus padres se avergonzaron un poco, al igual que él, cuando Fritz, que vivía en la casa que quedaba junto a la suya, recibió su bicicleta y casi de inmediato tropezó en el escenario con ella. Fritz era un niño muy torpe al que se convocaba para castigarlo una y otra vez. Sus transgresiones eran pequeñas siempre: zapatos en el pie equivocado, tareas escolares mal hechas, falta de estudio para un cuestionario. Pero cada error ponía en entredicho a sus padres y representaba una infracción a la imagen de orden y éxito de la comunidad. Jonas y su familia no esperaban con gusto la bicicleta de Fritz, porque se daban cuenta de que era probable que cada tanto apareciera tirada en la vereda principal, en lugar de estar colocada con cuidado en su estacionamiento.

Finalmente los Nueves se volvieron a acomodar en sus asientos, después de que cada uno empujó su bicicleta al exterior, donde esperaría a su dueño al terminar el día. Todos sonreían siempre y hacían pequeñas bromas cuando los Nueves se iban a casa por primera vez.

—¿Quieres que te enseñe a andar? —preguntarían los amigos más grandes—. ¡Sé que nunca te has subido a una bicicleta!

Pero invariablemente los Nueves sonrientes, que en violación técnica de la regla habían estado practicando en secreto durante semanas, se montarían y pedalearían en equilibrio perfecto, sin que las rueditas de entrenamiento tocaran el piso.

Luego los Dieces. A Jonas nunca le resultaba particularmente interesante la Ceremonia del Diez, sino que le parecía un desperdicio de tiempo, porque se cortaba el pelo a cada niño con pulcritud, hasta que mostraran el corte que los distinguía: las muchachas perdían sus trenzas a los Diez, y los muchachos también dejaban atrás su pelo largo e infantil y recibían el estilo corto, más varonil, que dejaba al descubierto sus orejas.

Los Obreros entraban rápidamente al escenario con escobas y barrían los mechones de pelo cortado. Jonas podía ver que los padres de los nuevos Dieces se movían en su asiento y murmuraban, y sabía que esa noche, en muchas casas, estarían recortando y emparejando los cortes de pelo apresurados, para que quedaran más parejos.

Onces. Parecía que había pasado muy poco tiempo desde que Jonas había pasado la Ceremonia del Once, pero recordaba que no era una de las más interesantes. A los Once, uno solo estaba esperando ser Doce. Era solo una marca de tiempo sin cambios significativos. Había ropa nueva: diferente ropa interior para las muchachas, cuyos cuerpos empezaban a cambiar, y pantalones más largos para los muchachos, con un bolsillo de forma especial para la pequeña calculadora que usarían ese año en la escuela; pero simplemente se les entregaban en paquetes envueltos y sin un discurso que los acompañara.

Descanso para el almuerzo. Jonas se dio cuenta de que tenía hambre. Él y sus compañeros de grupo se congregaron en las mesas dispuestas frente al Auditorio y tomaron su comida empaquetada. El día anterior hubo algarabía a la hora del almuerzo, muchas bromas y felicidad. Pero ese día el grupo mostraba ansiedad, lejos de los demás niños. Jonas miró a los nuevos Nueves gravitar hacia sus bicicletas estacionadas, cada uno admirando la etiqueta con su nombre. Vio a los Dieces acariciando su nuevo corte de pelo, a las muchachas moviendo la cabeza de un lado a otro para sentir una ligereza poco acostumbrada, sin las pesadas trenzas que habían llevado tanto tiempo.

—Escuché que un niño estaba absolutamente seguro de que lo asignarían como Ingeniero —murmuró Asher mientras comía—, y en cambio lo asignaron como Trabajador Sanitario. Salió al otro día, saltó al río, lo cruzó nadando y se unió a la primera comunidad que encontró. Nadie lo volvió a ver.

Jonas se rio.

—Alguien inventó esa historia, Ash —dijo—. Mi padre dice que escuchó esa historia cuando él era un Doce.

Pero Asher no se tranquilizó. Estaba mirando el río, que se veía detrás del Auditorio.

—Ni siquiera sé nadar muy bien —dijo—. Mi Instructor de natación decía que me faltaba floración o algo así.

—Flotación —lo corrigió Jonas.

—Lo que sea. No la tengo. Me hundo.

—De todos modos —señaló Jonas—, ¿alguna vez has sabido con seguridad de alguien (quiero decir que realmente estés seguro, Asher, no solo que hayas oído una historia sobre él) que se haya unido a otra comunidad?

—No —admitió Asher, con renuencia—. Pero se puede. Así dicen las reglas. Si no encajas en ella, puedes hacer una solicitud en Otro Lugar y ser liberado. Mi madre dice que una vez, hace unos diez años, alguien hizo una solicitud y se fue al día siguiente. —Se rio—. Ella me lo dijo porque la estaba volviendo loca. Me amenazó con hacer una solicitud para Otro Lugar.

—Estaba bromeando.

—Lo sé. Pero era verdad que alguien lo hizo una vez. Ella dijo que era cierto. Estaba aquí y al día siguiente se había ido. Nunca se le vio de nuevo. Ni siquiera hubo Ceremonia de Liberación.

Jonas se encogió de hombros. No le preocupaba. ¿Cómo podría pasar que alguien no encajara? La comunidad estaba ordenada de manera muy meticulosa, las decisiones se tomaban con mucho cuidado.

Hasta la Correspondencia Adecuada entre Esposos se consideraba con tanto cuidado que en ocasiones un adulto que hacía una solicitud para recibir un cónyuge esperaba meses o años antes de que se aprobara y se anunciara una Correspondencia Adecuada. Todos los factores (disposición, energía, inteligencia e intereses) tenían que corresponder e interactuar a la perfección. La madre de Jonas, por ejemplo, tenía una inteligencia superior a la de su padre, pero este tenía una disposición más tranquila. Se equilibraban entre sí.

Su Correspondencia Adecuada, que, como todas las demás, había sido vigilada por el Comité de Ancianos durante tres años antes de que pudieran solicitar niños, siempre había alcanzado el éxito.

Al igual que la Correspondencia Adecuada entre Esposos, la Designación de Nombres y la Colocación de niños, las Asignaciones eran pensadas escrupulosamente por el Comité de Ancianos.

Estaba seguro de que su Asignación, cualquiera que fuera, y la de Asher también, serían las correctas para ellos. Solo deseaba que terminara la comida, que la audiencia volviera a entrar en el Auditorio y el suspenso terminara.

Como si fuera una respuesta a su deseo no pronunciado, se dio la señal y la multitud empezó a dirigirse a las puertas.

CAPÍTULO 7

EL GRUPO DE JONAS tomó un nuevo lugar en el Auditorio, intercambiándolo con los nuevos Onces, y se sentaron al frente, junto al escenario.

Se les ordenó de acuerdo con sus números originales, los números que se les había dado al nacer. Los números casi nunca se volvían a usar después de la Designación de Nombres. Pero cada niño sabía su número, por supuesto. En ocasiones, los padres los usaban cuando estaban irritados por el mal comportamiento del niño, indicando que esa conducta hacía que no mereciera su nombre. Jonas siempre se reía cuando escuchaba que un padre desesperado gritaba bruscamente a un niño lloroso, que empezaba a caminar: «¡*Ya basta*, Veintitrés!».

Jonas era Diecinueve. Había sido el decimonoveno niño en nacer ese año. Eso significaba que en su Designación de Nombre ya estaba de pie y con los ojos atentos, a punto de caminar y hablar. Le había dado una ligera ventaja el primero o los dos primeros años, un poco más de madurez, en comparación con muchos de sus compañeros de grupo que habían nacido en los últimos meses de ese año. Pero todo se igualó, como siempre pasaba, cuando fue un Tres.

Después de los Tres, los niños progresaban a un ritmo muy semejante, aunque por su primer número se podía saber siempre quiénes eran unos meses mayores que otros en el grupo. Técnicamente, el número completo de Jonas era Once-Diecinueve, porque había otro Diecinueve, por supuesto, en cada grupo de edad. Y ese día, desde que los nuevos onces avanzaron por la mañana, había *dos* Once-Diecinueve. Durante el descanso de mediodía, había intercambiado sonrisas con la nueva, una niña llamada Harriet.

Pero la duplicación era solo por esas pocas horas. Muy pronto ya no sería un Once sino un Doce, y la edad ya no importaría. Sería un adulto, como sus padres, aunque recién llegado y todavía sin entrenamiento.

Asher era Cuatro y se sentó en la fila anterior a la de Jonas. Sería el cuarto en recibir su Asignación.

Fiona, Dieciocho, estaba a su izquierda; al otro lado estaba sentado el Veinte, un niño llamado Pierre que no le agradaba mucho a Jonas. Pierre era muy serio, no muy divertido, y también aprehensivo y chismoso.

—¿Ya revisaste las reglas, Jonas? —le susurraba siempre Pierre con solemnidad—. No estoy seguro de que esto esté de acuerdo con las reglas.

Por lo general, se trataba de alguna tontería, de la que no había por qué preocuparse: abrirse la túnica si era un día con brisa; probar por un momento la bicicleta de un amigo, solo para experimentar algo diferente.

El discurso inicial de la Ceremonia del Doce lo pronunciaba la Anciana en Jefe, la líder de la comunidad, que era elegida cada diez años. El discurso era muy semejante cada año: recuerdos de la infancia y el período de preparación, las responsabilidades futuras de la vida adulta, la profunda importancia de la Asignación, la seriedad del entrenamiento que iba a comenzar.

Luego la Anciana en Jefe pasó a la siguiente parte de su discurso.

—Es el momento —empezó ella, mirándolos directamente—, en que reconocemos las diferencias. Ustedes, Onces, han pasado todos sus años tratando de encajar, de estandarizar su conducta, de apaciguar cualquier impulso que los pudiera apartar del grupo. Pero hoy, honramos sus diferencias. Ellas han determinado su futuro.

Empezó a describir al grupo de ese año y la variedad de sus personalidades, aunque no mencionó a nadie por su nombre. Indicó que había uno que tenía habilidades singulares en el cuidado de las personas, otro que amaba a los niños, uno con una aptitud científica inusual y un cuarto para quien el trabajo físico representaba un placer obvio. Jonas se movió en su asiento, tratando de identificar a qué compañero de su grupo correspondía cada referencia. Las habilidades de cuidado eran sin duda las de Fiona, a su izquierda; recordaba que se había dado cuenta de la ternura con que bañaba a los Viejos. Tal vez el que tenía aptitudes científicas era Benjamin, el niño que había desarrollado equipo nuevo e importante para el Centro de Rehabilitación.

No había escuchado nada que reconociera como suyo, de Jonas.

Por último, la Anciana en Jefe rindió tributo al duro trabajo de su comité, que había realizado las observaciones tan meticulosamente todos los años. El comité de Ancianos se puso de pie, y se le reconoció con un aplauso. Jonas observó que Asher bostezaba ligeramente, cubriéndose la boca educadamente con la mano.

Luego, por fin, la Anciana en Jefe llamó a la número Uno al escenario y empezaron las Asignaciones.

Cada anuncio era largo, acompañado por un discurso dirigido al nuevo Doce. Jonas trató de prestar atención mientras Uno, con una sonrisa feliz, recibía su Asignación como Asistente del Criadero de Peces, junto con palabras de aprecio por su infancia en que dedicó muchas horas como voluntaria allí, y su interés obvio en el importante proceso de proporcionar alimentos a la comunidad.

La número Uno, que se llamaba Madeline, regresó finalmente, entre aplausos, a su asiento, portando el nuevo gafete que la identificaba como Asistente del Criadero de Peces. Jonas estaba contento de que ya se hubiera dado *esa* Asignación; él no la habría querido. Pero le dirigió a Madeline una sonrisa de felicitación.

Cuando Dos, una niña llamada Inger, recibió su Asignación como Madre Biológica, Jonas recordó que su madre había dicho que era una ocupación sin honor. Pero pensó que el Comité había elegido bien. Inger era una niña agradable, aunque un poco perezosa, y tenía un cuerpo fuerte. Disfrutaría los tres años en que se le consentiría, después de su breve entrenamiento; daría a luz con facilidad y bien; y la tarea posterior de Obrera aprovecharía su fuerza, la mantendría saludable y le impondría autodisciplina. Inger estaba sonriendo cuando regresó a su asiento. Madre Biológica era un trabajo importante, aunque careciera de prestigio.

Jonas se dio cuenta de que Asher parecía nervioso. Siguió volteando hacia atrás y mirando a Jonas hasta que el jefe del grupo le dirigió una amonestación silenciosa, una señal de que se sentara quieto y mirara al frente.

Al Tres, Isaac, se le dio una Asignación como Instructor de Seises, lo que obviamente lo complació y era bien merecido. Ya se habían dado tres Asignaciones, y ninguna era de las que le hubieran gustado a Jonas; de todos modos no había podido ser una Madre Biológica, reconoció divertido. Trató de ordenar mentalmente la lista de las posibles Asignaciones que quedaban. Pero eran tantas que desistió;

y, de todos modos, ahora era el turno de Asher. Puso una atención estricta mientras su amigo subía al escenario y permanecía de pie, inquieto, ante la Anciana en Jefe.

—Todos en la comunidad conocemos y disfrutamos de la presencia de Asher —empezó la Anciana en Jefe. Asher sonrió nervioso y se rascó una pierna con el otro pie. Se escucharon algunas risitas en la audiencia—. Cuando el comité empezó a considerar la Asignación de Asher —continuó—, hubo algunas posibilidades que se descartaron de inmediato. Algunas que evidentemente no habrían sido adecuadas para Asher. Por ejemplo —dijo sonriendo—, no consideramos ni por un instante la designación de Asher como Instructor de Treses.

La audiencia estalló en carcajadas. Asher también se rio, con aspecto tímido, pero complacido por la atención especial. Los Instructores de Treses se encargaban de la adquisición correcta del lenguaje.

—En realidad —continuó la Anciana en Jefe, riendo un poco para sí misma—, incluso pensamos un poco en algunos castigos retroactivos para el que fue el Instructor de Treses de Asher. En la reunión en que se analizó a Asher, volvimos a contar muchas de las anécdotas que todos recordamos de sus días de adquisición de lenguaje. En especial —dijo, riéndose un poco—, la diferencia entre barrita y varita. ¿Te acuerdas, Asher?

Asher asintió con tristeza, y el público se rio a carcajadas. Jonas también lo hizo. Se acordaba de eso, aunque él también era un Tres en esa época.

El castigo usado para los niños pequeños era un sistema regulado de golpes con una varita disciplinaria: un arma delgada, flexible que producía golpes dolorosos. Los especialistas en Cuidado Infantil recibían un entrenamiento muy cuidadoso en los métodos disciplinarios: un golpecito rápido con la varita en las manos por una mala conducta menor; tres golpes más fuertes en las piernas descubiertas por una segunda ofensa.

Pobre Asher, quien siempre hablaba muy rápido y confundía las palabras, desde que era pequeño. Cuando era un Tres, ansioso por recibir su jugo y las galletas en forma de barritas que daban a mediodía, un día dijo «varita» en lugar de «barrita» mientras estaba en la fila para recibir el almuerzo de la mañana.

Jonas lo recordaba con claridad. Aún podía ver al pequeño Asher, moviéndose con impaciencia en la fila. Recordaba la voz alegre con la que dijo en voz alta: «¡Quiero que me den mis tres varitas!».

Los otros Treses, incluido Jonas, se habían reído nerviosamente.

—¡Barritas! —lo corrigieron—. ¡Debes decir barrita, Asher!

Pero la infracción ya se había cometido. Y la precisión en el lenguaje era una de las tareas más importantes de los niños pequeños. Asher quería que le dieran tres varitas.

La varita disciplinaria, en la mano del trabajador de Cuidado Infantil, silbó mientras caía sobre las manos de Asher, quien lloriqueó, se estremeció y se corrigió a sí mismo de inmediato.

—Barrita —susurró.

Pero a la mañana siguiente lo volvió a hacer. Y una vez más la semana siguiente. Al parecer, no podía evitarlo, aunque cada error se volvía a castigar con la varita, hasta llegar a una serie de dolorosos varazos que dejaron marcas en las piernas de Asher. Al final, por un tiempo, Asher dejó de hablar cuando era un Tres.

—Por un tiempo —dijo la Anciana en Jefe, que había relatado la historia— ¡tuvimos un Asher callado! Pero aprendió. —Se volteó hacia él con una sonrisa—. Cuando empezó a hablar de nuevo, lo hizo con mayor precisión. Y ahora estos lapsus son muy escasos. Sus correcciones y disculpas son inmediatas. Y su buen humor es inagotable.

El público murmuró en señal de asentimiento. La alegre disposición de Asher era bien conocida en toda la comunidad.

—Asher. —Elevó la voz para hacer el anuncio oficial—. Te hemos dado la Asignación de Director Asistente de Recreo.

Le colocó su nuevo gafete mientras él permanecía de pie junto a ella, radiante. Luego se dio vuelta y dejó el escenario mientras el público aplaudía. Cuando hubo tomado de nuevo su asiento, la Anciana en Jefe lo miró y dijo las palabras que ya había dicho cuatro veces y que diría a cada nuevo Doce. Aunque, de alguna manera, les daba un significado especial para cada uno de ellos.

—Asher —dijo—, gracias por tu infancia.

* * *

Las Asignaciones continuaron, y Jonas miraba y escuchaba, aliviado ahora por la maravillosa Asignación que había recibido su mejor amigo. Pero él se sentía cada vez más inquieto a medida que se acercaba la suya. Ahora los nuevos Doces en la fila de delante habían recibido sus gafetes. Jugaban con ellos entre los dedos mientras se sentaban, y Jonas sabía que cada quien estaba pensando en el entrenamiento que le esperaba. Para algunos (un niño estudioso había sido seleccionado como Doctor, una niña como Ingeniero, y otra para Ley y Justicia), serían años de duro trabajo y estudio. Otros, como los Obreros y las Madres Biológicas, tendrían un período de entrenamiento más corto.

Se llamó a Dieciciocho, Fiona, a su izquierda. Jonas sabía que ella debía de estar nerviosa, pero Fiona era una niña tranquila. Había permanecido sentada en silencio, serena, durante toda la Ceremonia.

Hasta el aplauso, aunque entusiasta, parecía sereno cuando se le dio la importante Asignación de Cuidadora de Viejos. Era perfecta para una niña sensible y gentil, y su sonrisa mostraba que se sentía satisfecha y complacida cuando tomó de nuevo su asiento junto a él.

Jonas se preparó para caminar al escenario cuando la Anciana en Jefe tomó la siguiente carpeta y miró al grupo para llamar al siguiente Doce. Estaba tranquilo ahora que había llegado su turno. Respiró hondo y se alisó el pelo con la mano.

—Veinte —pronunció ella con toda claridad—. Pierre.

«Me saltó», pensó Jonas, asombrado. ¿Había escuchado mal? No. Hubo un súbito silencio en la multitud, y él supo que toda la comunidad se había dado cuenta de que la Anciana en Jefe había pasado del Dieciocho al Veinte, dejando un hueco. A su derecha, Pierre, con mirada sorprendida, se levantó de su asiento y se dirigió al escenario.

Un error. Cometió un error. Pero Jonas sabía, mientras lo pensaba, que no. La Anciana en Jefe no se equivocaba. No en la Ceremonia del Doce.

Se sintió mareado y perdió la concentración. No escuchó qué Asignación recibió Pierre, y apenas estuvo consciente del aplauso mientras el niño regresaba, portando su nuevo gafete. Luego: Veintiuno, Veintidós.

Los números continuaron en orden. Jonas, mareado, vio pasar a los Treintas y luego a los Cuarentas, acercándose al final. Cada vez, a cada anuncio, su corazón saltaba por un momento y abrigaba extrañas ideas. Tal vez ahora ella diría su nombre. ¿Había olvidado su propio número?

No, siempre había sido Diecinueve. Estaba sentado en el asiento marcado con un Diecinueve.

Pero ella lo había *saltado*. Vio que los demás en el grupo lo veían, avergonzados, y luego evitaban sus ojos con rapidez. Percibió una mirada de preocupación en la cara del jefe de su grupo.

Hundió los hombros y trató de hacerse más pequeño en su asiento. Quería desaparecer, esfumarse, dejar de existir. No se atrevía a dar vuelta y ver a sus padres en la multitud. No soportaría ver sus caras apesadumbradas por la vergüenza.

Jonas inclinó su cabeza y exploró su mente. «¿Qué había hecho mal?»

CAPÍTULO 8

EL PÚBLICO ESTABA evidentemente inquieto. Aplaudió la Asignación final; pero el aplauso fue parcial, ya no era un entusiasmo conjunto que iba creciendo. Había murmullos de confusión.

Jonas unía sus manos, aplaudiendo, pero era un gesto automático, sin significado, del que no estaba consciente. En su mente se habían apagado todas sus emociones anteriores: la espera, la emoción, el orgullo y hasta la feliz camaradería con sus amigos. Ahora sentía humillación y terror.

La Anciana en Jefe esperó hasta que el incómodo aplauso dejó de escucharse. Luego habló de nuevo.

—Sé que todos ustedes están preocupados —dijo con su voz vibrante y amable—. Creen que cometí un error.

Sonrió. La comunidad, un poco menos incómoda por su afirmación benevolente, pareció respirar con más tranquilidad. Reinaba el silencio.

Jonas levantó la vista.

—Les he causado preocupación —dijo—. Me disculpo ante mi comunidad. —Su voz fluyó sobre la multitud reunida.

—Aceptamos su disculpa —dijeron todos en coro.

—Jonas —dijo, mirando hacia abajo, adonde se encontraba él—, me disculpo ante ti en particular. Te causé angustia.

—Acepto su disculpa —replicó Jonas con voz temblorosa.

—Por favor, sube al escenario ahora.

Ese día temprano, mientras se vestía en su vivienda, había practicado el paso decidido, seguro, que esperaba mostrar en el escenario cuando llegara su turno. Todo eso lo había olvidado en ese momento. Solo por su fuerza de voluntad pudo levantarse, mover los pies, que sentía pesados y torpes, para avanzar, subir los escalones y cruzar la plataforma. Hasta que se paró junto a ella.

Para tranquilizarlo, ella pasó su brazo por los hombros tensos de él.

—A Jonas no se le ha asignado —informó a la multitud, y a él el corazón le dió un vuelco. Ella continuó—. A Jonas se le ha seleccionado.

Él parpadeó. ¿Qué significaba eso? Percibió una agitación colectiva, cuestionadora, en el público. Ellos también se sentían confusos.

Con voz firme, de mando, la Anciana en Jefe anunció:

—Jonas ha sido seleccionado para ser nuestro próximo Receptor de Recuerdos.

Luego escuchó el grito ahogado, la súbita aspiración de aire, entrecortada por el asombro, de cada uno de los ciudadanos sentados. Vio sus rostros, con los ojos muy abiertos por la impresión.

Y él aún no entendía.

—Este tipo de selección es muy, muy poco frecuente —explicó la Anciana en Jefe al público—. Nuestra comunidad solo tiene un Receptor. Es quien entrena a su sucesor. Hemos tenido a nuestro Receptor por mucho tiempo —continuó.

Jonas siguió los ojos de ella y vio que estaban fijos en uno de los Ancianos. El Comité de Ancianos estaba sentado en grupo, y los ojos de la Anciana en Jefe estaban puestos ahora en uno que se sentaba en medio pero que parecía extrañamente separado de ellos. Era un hombre al que Jonas nunca había visto antes, un hombre con barba y ojos pálidos. Miraba fijamente a Jonas.

—Nos equivocamos en nuestra última selección —dijo la Anciana en Jefe con solemnidad—. Fue hace diez años, cuando Jonas apenas empezaba a caminar. No profundizaré en la experiencia, porque a todos nos causa gran incomodidad.

Jonas no sabía a qué se refería, pero percibió la incomodidad en el público. Muchos se revolvieron con inquietud en su asiento.

—Esta vez no nos hemos apresurado —continuó ella—. No podemos permitirnos otra equivocación. En ocasiones —continuó, en un tono más ligero, relajando la tensión en el Auditorio—, no estamos completamente seguros acerca de las Asignaciones, aun después de las observaciones más cuidadosas. En ocasiones nos preocupa que un asignado no desarrolle, a través del entrenamiento, todos los atributos necesarios. Los Onces aún son niños, después de todo. Lo que observamos como espíritu alegre y paciencia (los requisitos para volverse Criador) podría, con la madurez, revelarse como simple tontería e indolencia. De modo que seguimos observando durante el entrenamiento, para rectificar el comportamiento cuando sea necesario. Pero al Receptor en entrenamiento no se le puede observar ni rectificar. Eso está establecido claramente en las reglas. Él va a estar solo, apartado, mientras el actual Receptor lo prepara para el trabajo, que es el más honorable de nuestra comunidad.

¿Solo? ¿Apartado? Jonas escuchó con creciente inquietud.

—Por tanto, la selección debe ser sólida. Debe ser una decisión unánime del Comité. No pueden tener dudas, ni siquiera por un momento. Si durante el proceso un Anciano reporta un sueño de incertidumbre, ese sueño tiene el poder de apartar al instante al candidato. Jonas fue identificado como posible Receptor hace muchos años. Lo hemos observado de manera meticulosa. No hubo sueños de incertidumbre. Él ha mostrado todas las cualidades que un Receptor debe tener.

Con su mano todavía firmemente colocada sobre el hombro de Jonas, la Anciana en Jefe enumeró sus cualidades.

—*Inteligencia* —dijo—. Todos estamos conscientes de que Jonas ha sido uno de los mejores estudiantes en sus años escolares.

—*Integridad* —dijo a continuación—. Como todos nosotros, Jonas ha cometido transgresiones menores. —Ella le sonrió—. Lo esperábamos. Deseábamos, también, que se presentara de inmediato para que se le castigara y siempre lo ha hecho así.

—*Valentía* —prosiguió—. Solo uno de los que estamos aquí ha superado el riguroso entrenamiento necesario para ser un Receptor. Él es, por supuesto, el miembro más importante del Comité: el Receptor actual. Fue él quien nos recordó, una y otra vez, que se necesitaba valentía.

—Jonas —dijo ella, volteando hacia él, pero hablando con una voz que toda la comunidad podía oír—, el entrenamiento que necesitas incluye dolor. Dolor físico.

Él sentía que el miedo se agitaba en su interior.

—Nunca has experimentado eso. Sí, te has raspado las

rodillas al caerte de tu bicicleta. Sí, te lastimaste un dedo con una puerta el año pasado.

Jonas asintió, mientras recordaba el incidente y lo mal que se sintió.

—Pero lo que enfrentarás ahora —explicó con gentileza— será un dolor de una magnitud que ninguno de nosotros puede comprender, porque está más allá de nuestra experiencia. El propio Receptor no pudo describirlo, solo pudo recordarnos que lo enfrentarás, que necesitarás una valentía inmensa. No podemos prepararte para eso. Pero estamos seguros de que eres valiente —le dijo ella.

Él no se sentía valiente en absoluto. No en aquel momento.

—El cuarto atributo esencial —dijo la Anciana en Jefe— es la *sabiduría*. Jonas no la ha adquirido aún. La adquisición de sabiduría se dará a través de su entrenamiento. Estamos convencidos de que Jonas tiene la capacidad para adquirir sabiduría. Eso es lo que buscamos.

—Por último, el Receptor debe tener una cualidad más, y es una que solo puedo mencionar, pero no describir. No la comprendo. Ustedes, miembros de la comunidad, tampoco la comprenderán. Tal vez Jonas sí, porque el actual Receptor nos ha dicho que Jonas ya tiene esta cualidad. Dice que es la Capacidad de Ver Más Allá.

La Anciana en Jefe miró a Jonas con una interrogante en sus ojos. El público lo miró también, en silencio.

Por un momento él se congeló, consumido por la desesperación. *No* la tenía; él no tenía esa cosa que ella había mencionado. No sabía lo que representaba. Ese era el momento en que tendría que confesarlo, que decir «No, yo no. *No puedo*» y ponerse a su merced, pedir su perdón, explicar que lo habían elegido incorrectamente, que él no era el adecuado en absoluto.

Pero cuando miró a la multitud, el mar de rostros frente a él, la cosa sucedió de nuevo. La cosa que le había pasado con la manzana.

Los rostros *cambiaron*.

Parpadeó, y todo volvió a la normalidad. Sus hombros se pusieron un poco rígidos. Por un momento, sintió por primera vez un pequeño atisbo de seguridad.

Ella todavía lo estaba viendo. Todos lo veían.

—Creo que es verdad —dijo a la Anciana en Jefe y la comunidad—. No lo comprendo aún. No sé qué es. Pero en ocasiones veo algo. Y tal vez es más allá.

Ella apartó su brazo de los hombros de él.

—Jonas —dijo ella, hablando no solo a él sino a toda la comunidad de la que él era una parte—, se te entrenará para que seas nuestro próximo Receptor de Recuerdos. Te damos las gracias por tu infancia.

Entonces ella se dio la vuelta y abandonó el escenario, dejándolo solo allí, parado y enfrentado a la multitud, lo que hizo que se empezara a escuchar entre el público el rumor espontáneo de su nombre.

—Jonas —al principio era un murmullo, callado, apenas audible—. Jonas. Jonas.

Luego más fuerte y más de prisa.

—JONAS. JONAS. JONAS.

Jonas sabía que con el cántico, la comunidad lo estaba aceptando a él y a su nuevo papel, dándole vida, de la manera en que la habían dado al niño Caleb. Su corazón se ensanchó con gratitud y orgullo.

Pero al mismo tiempo estaba lleno de miedo. No sabía lo que significaba su selección. No sabía en qué se habría de convertir.

Ni qué sería de él.

CAPÍTULO 9

POR PRIMERA VEZ en sus doce años de vida, Jonas se sintió separado, diferente. Recordó lo que la Anciana en Jefe había dicho: durante su entrenamiento estaría solo y apartado.

Pero su entrenamiento aún no había empezado y ya, tras dejar el Auditorio, se sentía apartado. Sosteniendo la carpeta que ella le había entregado, se abrió paso entre la multitud, buscando a su unidad familiar y a Asher. La gente se apartaba de él. Lo miraba. Él creía que podía escuchar sus susurros.

—¡Ash! —gritó, al distinguir a su amigo cerca de la fila de bicicletas—. ¿Te regresas conmigo?

—¡Seguro! —Asher le sonrió, con su sonrisa usual,

amigable y familiar. Pero Jonas sintió un momento de duda en su amigo, una incertidumbre—. Felicidades —dijo Asher.

—A ti también —replicó Jonas—. Fue realmente divertido cuando contó lo de las varitas. Recibiste más aplausos que casi todos los demás.

Los demás nuevos Doces se reunieron cerca, colocando sus carpetas con cuidado en los cestillos de la parte trasera de sus bicicletas. En cada vivienda, esa noche estarían estudiando las instrucciones para el inicio de su entrenamiento. Cada noche durante años los niños habían memorizado las lecciones necesarias para la escuela, a menudo bostezando de aburrimiento. Esa noche, todos empezarían a memorizar afanosamente las reglas para sus Asignaciones de adulto.

—¡Felicidades, Asher! —gritó alguien. Luego esa duda de nuevo—. ¡A ti también, Jonas!

Asher y Jonas respondieron con felicitaciones a sus compañeros de grupo. Jonas vio que sus padres lo miraban desde el lugar donde estaban estacionadas sus bicicletas. Lily ya estaba sujeta a su asiento.

Los saludó con la mano. Ellos le devolvieron el saludo,

sonriendo, pero vio que Lily lo miraba con solemnidad, con el pulgar en su boca.

Se regresó directamente a su casa en la bicicleta, intercambiando solo pequeñas bromas y comentarios poco importantes con Asher.

—¡Te veo en la mañana, Director de Recreo! —le gritó, desmontando ante su puerta, mientras Asher seguía adelante.

—¡Muy bien! ¡Nos vemos! —le contestó Asher.

Una vez más, hubo solo un momento en que las cosas no fueron iguales, no como siempre habían sido en su larga amistad. Tal vez él lo había imaginado. Las cosas no podían cambiar con Asher.

La cena fue más callada de lo normal. Lily comentó sus planes para su trabajo como voluntaria; empezaría, dijo, en el Centro de Crianza, porque ya era una experta alimentando a Gabriel.

—Lo sé —añadió rápidamente, cuando su padre le lanzó una mirada de precaución—. No mencionaré su nombre. Sé que se supone que no conozco su nombre. ¡Ya quiero que sea mañana! —dijo con felicidad.

Jonas suspiró intranquilo.

—Yo no —murmuró.

—Has recibido un gran honor —dijo su madre—. Tu padre y yo estamos muy orgullosos.

—Es el trabajo más importante en la comunidad —dijo Papá.

—¡Pero apenas la otra noche dijiste que el trabajo de hacer Asignaciones era el más importante!

La madre asintió.

—Este es diferente. En realidad no es un *trabajo*. Nunca pensé, nunca esperé. —Hizo una pausa—. Solo hay un Receptor.

—Pero la Anciana en Jefe dijo que habían hecho una selección antes y que se equivocaron. ¿A qué se refería?

Sus padres dudaron. Al final su padre describió la selección anterior.

—Fue muy parecido a lo de hoy, Jonas: el mismo suspenso, porque se habían saltado a un Once cuando se estaban dando las Asignaciones. Luego el anuncio, cuando distinguieron a quien...

—¿Cómo se llamaba él? —lo interrumpió Jonas.

—Ella, no él —replicó su madre—. Era una muchacha. Pero nunca diremos su nombre, ni lo usaremos para un niño.

Jonas estaba conmocionado. Un nombre impronunciable indicaba la mayor de las desgracias.

—¿Qué le pasó? —preguntó nerviosamente.

Pero sus padres parecían en blanco.

—No sabemos —dijo su padre, incómodo—. Nunca la volvimos a ver.

Un silencio cayó sobre el lugar. Se miraron unos a otros. Al final, su madre, levantándose de la mesa, dijo:

—Tú has recibido un gran honor, Jonas. Un gran honor.

* * *

Solo en su cuarto, preparado para ir a la cama, Jonas abrió por fin su carpeta. Se había dado cuenta de que a varios de los Doces les habían dado carpetas gruesas con páginas impresas. Se imaginó a Benjamin, el científico de su grupo, empezando a leer páginas de reglas e instrucciones con placer. Se imaginó a Fiona con su dulce sonrisa mientras se inclinaba sobre las listas de deberes y métodos que necesitaba aprender en los próximos días.

Pero sorprendentemente su propia carpeta estaba casi vacía. Dentro, solo había una hoja impresa. La leyó dos veces.

JONAS
RECEPTOR DE RECUERDOS

1. Irás todos los días, en cuanto terminen las horas escolares, a la entrada del Anexo que está detrás de la Casa de los Viejos y te presentarás a la asistente.

2. Regresarás directamente a tu vivienda al concluir las Horas del Entrenamiento todos los días.

3. Desde este momento quedas exento de las reglas que rigen la cortesía. Puedes hacer cualquier pregunta o pedir cualquier cosa a cualquier ciudadano y recibirás lo que solicitas.

4. No hablarás sobre tu entrenamiento con otros miembros de la comunidad, ni tampoco con tus padres y los Ancianos.

5. Desde este momento tienes prohibido contar tus sueños.

6. Excepto por enfermedad o lesión no relacionada con tu entrenamiento, no puedes solicitar medicamento alguno.

7. No tienes permitido solicitar tu liberación.

8. Puedes mentir.

Jonas estaba asombrado. ¿Qué pasaría con sus amigos? ¿Y con sus horas irreflexivas jugando a pelota o andando en bicicleta a lo largo del río? Esos habían sido momentos felices y vitales para él. ¿Se los quitarían por completo ahora? Las simples instrucciones de logística (adónde ir y cuándo) eran de esperar. A todos los Doces se les había dicho, por supuesto, dónde, cómo y cuándo reportarse para el entrenamiento. Pero él estaba un poco decepcionado de que su horario no le dejara tiempo, al parecer, para el recreo.

La exención de la cortesía lo sorprendió. Sin embargo, al leerlo de nuevo, se dio cuenta de que no se le apremiaba a que fuera descortés; simplemente se le permitía la opción de serlo. Estaba seguro de que nunca se aprovecharía de ello. Se había acostumbrado tanto a la cortesía dentro de la comunidad que la idea de hacer a otro ciudadano una pregunta íntima, o de llevar la atención de alguien a un área de incomodidad, le resultaba desconcertante.

Pensó que la prohibición de contar sus sueños no representaría un problema, en realidad. Soñaba tan pocas veces que, de todos modos, no se le daba fácilmente, y estaba contento de que se le excusara de hacerlo. Sin embargo, se preguntó brevemente cómo lidiaría con ello en el desayuno. ¿Qué pasaría si soñaba: debía decir simplemente a su unidad familiar, como de todos modos hacía a menudo, que no los había tenido? Eso sería una mentira. Pero la regla final decía... Bueno, no estaba muy preparado para pensar en la última regla de la página.

La restricción de medicamentos lo inquietó. Los medicamentos siempre habían estado disponibles para los ciudadanos, incluidos los niños, a través de sus padres. Cuando se había aplastado un dedo en la puerta, se lo había notificado a su madre rápidamente, jadeando en la bocina: ella había solicitado de prisa analgésicos, que se le habían enviado en seguida a su vivienda. Casi al instante, el dolor intolerable en su mano había disminuido hasta convertirse en una punzada, que era todo lo que podía recordar de esa experiencia.

Al volver a leer la regla número seis, se dio cuenta de que un dedo aplastado caía en la categoría de «no relacionado con el entrenamiento». De modo que si volvía a suceder (y estaba muy seguro de que eso no pasaría; ¡había tenido mucho cuidado con las puertas pesada después del accidente!) aún podría recibir medicamentos.

La píldora que tomaba ahora cada mañana tampoco estaba relacionada con el entrenamiento. Así que seguiría recibiéndola.

Pero recordaba con inquietud lo que había dicho la Anciana en Jefe acerca del dolor que vendría con su entrenamiento. Lo había llamado indescriptible.

Jonas tragó saliva, tratando sin éxito de imaginar cómo sería ese dolor, sin medicamento alguno. Pero estaba más allá de su comprensión.

No sintió reacción a la regla número siete, en absoluto. Nunca se le había ocurrido que bajo alguna circunstancia pudiera llegar a pedir su liberación.

Por último, se dio ánimos para leer de nuevo la regla final. Desde su temprana infancia, desde su primer aprendizaje del lenguaje, se le había entrenado para no mentir. Era una parte integral del aprendizaje del habla precisa.

Una vez, cuando era un Cuatro, había dicho, justo antes de la comida en la escuela: «Me muero de hambre».

De inmediato se le había llevado aparte, para que escuchara una breve lección privada de precisión en el lenguaje. No se estaba muriendo de hambre, se le indicó. Tenía hambre. Nadie en la comunidad se moría de hambre, se había muerto de hambre o se moriría de hambre. Decir «morirse de hambre» era decir una mentira. Una mentira no intencional, por supuesto. Pero la razón por la que se buscaba la precisión del lenguaje era para asegurar que nunca se dijeran mentiras no intencionales. ¿Comprendía eso?, le preguntaron. Y sí, lo había comprendido.

Nunca, desde que recordaba, se había visto tentado a mentir. Asher no mentía. Lily no mentía. Sus padres no mentían. Nadie lo hacía. A menos que...

Entonces Jonas tuvo una idea que nunca se le había ocurrido. Aquella nueva idea era atemorizante. ¿Qué pasaría si *otros (adultos)*, después de convertirse en Doces, habían recibido en *sus* instrucciones la misma y aterradora frase?

¿Qué pasaría si a todos se les hubiera dado la instrucción: *Puedes mentir*?

La cabeza le dio vueltas. Ahora que tenía el poder de

hacer preguntas de descortesía extrema y que se le prometían respuestas, era concebible que *pudiera* (aunque le resultaba casi inimaginable) preguntar a alguien, algún adulto, tal vez a su padre: «¿Tú mientes?».

Pero no tendría manera de saber si la respuesta que recibiría era verdad.

CAPÍTULO 10

Yo ME QUEDO AQUÍ, Jonas —le dijo Fiona cuando llegaron a la puerta principal de la Casa de los Viejos, después de estacionar sus bicicletas—. No sé por qué estoy nerviosa —confesó mientras daba vueltas a la carpeta que llevaba en las manos—. Ya he estado aquí muchas veces antes.

—Bueno, ahora todo es diferente —le recordó Jonas.

—Hasta las placas con nuestro nombre de las bicicletas —se rio Fiona.

Durante la noche, la Brigada de Mantenimiento había quitado la placa con el nombre de cada Doce y la había reemplazado por otra que indicaba que era un ciudadano en entrenamiento.

—No quiero llegar tarde —dijo de prisa y empezó a subir los escalones—. Si terminamos al mismo tiempo, regresaré contigo a casa en la bicicleta.

Jonas asintió, le hizo adiós con la mano y rodeó el edificio para dirigirse al Anexo, un ala pequeña unida a la parte de atrás. Tampoco quería llegar tarde en su primer día de entrenamiento.

El Anexo era muy común; su puerta, poco notoria. Estiró la mano para tomar la pesada manija y entonces se dio cuenta de que había un timbre en la pared. Lo tocó.

—¿Sí? —La voz provenía de una pequeña bocina arriba del timbre.

—Soy, eh, Jonas. Soy el nuevo. quiero decir.

—Pasa.

Un clic indicó que se había quitado el cerrojo de la puerta.

El recibidor era muy pequeño y solo contenía un escritorio en el que una Asistente trabajaba con algunos papeles. Ella levantó la vista cuando él entró; entonces, para su sorpresa, se puso de pie. Fue algo sin mucha importancia, pero nunca antes alguien se había puesto de pie automáticamente para reconocer la presencia de Jonas.

—Bienvenido, Receptor de Recuerdos —dijo ella, con respeto.

—Oh, por favor —replicó él, incómodo—. Llámame Jonas.

Ella sonrió, apretó un botón, y él escuchó un clic que quitaba el cerrojo de la puerta a la izquierda de ella.

—Puedes pasar —le dijo.

Entonces ella pareció darse cuenta de lo que causó la incomodidad de él. Ninguna puerta en la comunidad tenía cerradura. Al menos, ninguna de las que conocía Jonas.

—Las cerraduras son simplemente para asegurar la privacidad del Receptor, porque necesita concentración —explicó—. Sería difícil que se concentrara si los ciudadanos vagaran por aquí, buscando el Departamento de Reparación de Bicicletas o algo así.

Jonas se rio, relajándose un poco. La mujer parecía muy amigable, y era verdad (en realidad era una broma en toda la comunidad) que al Departamento de Reparación de Bicicletas, una pequeña oficina poco importante, se le reubicaba con tanta frecuencia que nadie sabía nunca dónde estaba.

—No hay nada peligroso aquí —dijo ella—. Pero

—añadió, mirando el reloj de pared—, a él no le gusta esperar.

Jonas se apresuró a pasar por la puerta y se encontró en un área amueblada con toda comodidad. No era muy diferente de la vivienda de su propia unidad familiar. Los muebles eran estándar en toda la comunidad: prácticos, robustos, con la función de cada pieza definida con claridad. Una cama para dormir. Una mesa para comer. Un escritorio para estudiar.

En ese salón espacioso pudo ver todas esas cosas, aunque cada una de ellas era un poco distinta de las de su propia vivienda. Las telas del tapiz en las sillas y el sofá eran un poco más gruesas y lujosas; las patas de la mesa no eran rectas como las de su casa, sino delgadas y curvas, con una pequeña decoración tallada en la parte final. La cama, colocada en un extremo del salón, estaba cubierta con una espléndida tela bordada en toda su superficie con diseños intricados.

Pero la diferencia más notoria eran los libros. En su propia vivienda contaban con los volúmenes de referencia necesarios que cada casa debía tener: un diccionario y el grueso directorio de la comunidad que contenía descripciones de cada oficina, fábrica, edificio y comité. Y el Libro de Reglas, por supuesto.

Los libros de su propia vivienda eran los únicos que Jonas había visto alguna vez. No sabía que existieran otros libros.

Pero las paredes de ese cuarto estaban cubiertas por completo con libreros llenos, que llegaban hasta el techo. Debía de haber cientos (tal vez miles) de libros, con los títulos grabados en relieve, en letras brillantes.

Jonas se quedó viéndolos. No podía imaginar lo que contenían los miles de páginas. ¿Habría otras reglas, además de las que regían la comunidad? ¿Podría haber más descripciones de oficinas, fábricas y comités?

Solo tuvo un segundo para mirar alrededor, porque se dio cuenta de que un hombre sentado en un sillón, junto a la mesa, lo estaba mirando. De prisa, avanzó unos pasos, se paró frente al hombre y se inclinó un poco.

—Soy Jonas —dijo.

—Lo sé. Bienvenido, Receptor de Recuerdos.

Jonas reconoció al hombre. Era el Anciano que parecía

separado de los demás en la Ceremonia, aunque estuviera vestido con las mismas ropas especiales que solo los Ancianos vestían.

Jonas miró con incomodidad sus pálidos ojos, que parecían un espejo de los suyos.

—Señor, me disculpo por mi falta de comprensión...

Esperó, pero el hombre no le dio la respuesta estándar de aceptación de disculpa.

—Pero pensaba... —continuó Jonas, después de un momento—. Quiero decir, pienso —se corrigió, acordándose de que si alguna vez la precisión de lenguaje había sido importante, lo era ahora, en presencia de aquel hombre—, que usted es el Receptor de Recuerdos. Yo solo soy, bueno, solo fui asignado, quiero decir, seleccionado, ayer. No soy nada en absoluto. Todavía no.

El hombre lo miró atentamente, en silencio. Fue una mirada que combinaba interés, curiosidad, preocupación y quizás también un poco de simpatía.

—A partir de hoy —habló por fin—, de este momento, al menos para mí, tú eres el Receptor. Yo he sido el Receptor durante mucho tiempo. Mucho, mucho tiempo. Puedes verlo, ¿o no?

Jonas asintió. El hombre estaba lleno de arrugas, y sus ojos, aunque eran penetrantes por su claridad poco común, parecían cansados. La carne alrededor de ellos estaba oscurecida por círculos con sombras.

—Puedo ver que es muy Viejo —respondió Jonas con respeto.

A los Viejos se les trataba siempre con el mayor respeto.

El hombre sonrió. Tocó la carne hundida de su propio rostro, divertido.

—En realidad no soy tan viejo como parezco —le dijo a Jonas—. Este trabajo me ha envejecido. Sé que por mi aspecto pareciera que se me debe programar para liberación muy pronto. Pero en realidad aún me queda una buena cantidad de tiempo. Sin embargo, me agradó que te seleccionaran. Han tardado mucho tiempo. El fracaso de la selección anterior consumió diez años, y mi energía está empezando a disminuir. Necesito la fuerza que me queda para tu entrenamiento. Tenemos mucho trabajo duro y doloroso por hacer, tú y yo. Por favor, siéntate —dijo, y señaló con un gesto el sillón cercano.

Jonas se hundió en el asiento acolchado.

—Cuando me convertí en un Doce. —El hombre entrecerró los ojos y siguió hablando—: Fui seleccionado, como tú. Estaba atemorizado, como de seguro lo estás tú.

Abrió los ojos por un momento y miró a Jonas, quien asintió. Luego cerró los ojos de nuevo.

—Vine a este mismo salón para empezar mi entrenamiento. Fue hace mucho tiempo. El anterior Receptor me pareció tan viejo como ahora debo parecértelo a ti. Estaba tan cansado como yo lo estoy ahora.

De pronto, el hombre se echó adelante en su silla y abrió los ojos.

—Puedes hacer preguntas —dijo—. ¡Tengo tan poca experiencia en describir este proceso! Está prohibido hablar de ello.

—Lo sé, señor. He leído las instrucciones —dijo Jonas.

—Así que puedo tener problemas para dejar las cosas tan claras como debería. —El hombre se rio entre dientes—. Mi trabajo es importante y representa un enorme honor. Pero eso no significa que yo sea perfecto, y cuando traté de entrenar a un sucesor, fracasé. Por favor, hazme todas las preguntas que necesites.

En su mente, Jonas tenía preguntas. Miles. Millones. Tantas preguntas como libros cubrían las paredes. Pero no hizo ninguna en ese momento.

El hombre suspiró, como si pusiera sus ideas en orden. Luego habló de nuevo.

—Para decirlo simplemente —dijo—, aunque en realidad no es simple en absoluto, mi trabajo consiste en trasmitirte todos los recuerdos que tengo en mi interior. Recuerdos del pasado.

—Señor —dijo Jonas, con indecisión—, me interesaría escuchar la historia de su vida, y escuchar sus recuerdos. —Luego agregó rápidamente—: Me disculpo por interrumpir.

El hombre movió su mano con impaciencia.

—No hay disculpas en este lugar. No tenemos tiempo.

—Bueno —continuó Jonas, incómodo porque estaba interrumpiendo de nuevo—, en realidad me interesa, no quiero decir que no. Pero no comprendo exactamente por qué es tan importante. Podría hacer algún trabajo de adulto en la comunidad, y en mi tiempo de recreo podría venir y escuchar las historias de su infancia. Eso me gustaría. En realidad —agregó—, ya lo he hecho, en la Casa de los

Viejos. A los Viejos les gusta relatar su infancia, y siempre es divertido escuchar.

El hombre negó con la cabeza.

—No, no —dijo—. No me he expresado con claridad. No es mi pasado ni mi infancia lo que debo transmitirte.

Se echó hacia atrás, descansando su cabeza contra el respaldo del sillón tapizado.

—Son los recuerdos de todo el mundo —dijo con un suspiro—. Anteriores a ti, anteriores a mí, anteriores al Receptor que me precedió y a las generaciones que vivieron antes que él.

Jonas frunció el ceño.

—¿Todo el mundo? —preguntó—. No comprendo. ¿No se refiere solo a nosotros? ¿No solo a la comunidad? ¿Se refiere también a Otro Lugar? —Trató de abarcar el concepto, en su mente—. Lo siento, señor. No lo comprendo exactamente. Tal vez no soy lo bastante inteligente. No sé a qué se refiere cuando dice «todo el mundo» o «generaciones que vivieron antes que él». Creía que solo estábamos nosotros. Creía que solo existe esto.

—Hay mucho más. Está todo lo que se encuentra más

allá (todo lo que es Otro Lugar) y todo lo que sucedió hace muchísimo, muchísimo, muchísimo tiempo. Recibí todo eso cuando me seleccionaron. Y aquí, en este salón, solo por completo, lo vuelvo a experimentar una y otra vez. Es así como viene la sabiduría. Y como damos forma a nuestro futuro.

Descansó por un momento, respirando profundamente.

—Estoy tan *abrumado* por ellos —dijo.

Jonas sintió de pronto una terrible preocupación por el hombre.

—Es como si... —El hombre hizo una pausa, como si buscara en su mente las palabras correctas para su descripción—. Es como ir cuesta abajo en un trineo sobre un espeso manto de nieve —dijo, al final—. Al principio es emocionante: la velocidad, el aire punzante y claro; pero cuando la nieve se acumula, se amontona sobre los esquíes, y te vuelves lento, tienes que empujar más duro para seguir adelante, y...

Agitó de pronto la cabeza y miró a Jonas.

—Eso no significa nada para ti, ¿verdad? —preguntó.

Jonas estaba confundido.

—No lo comprendo, señor.

—Por supuesto que no. No sabes lo que es la nieve, ¿verdad?

Jonas negó con la cabeza.

—¿Y un trineo? ¿Esquíes?

—No, señor —respondió Jonas.

—¿Cuesta abajo? ¿Esa expresión significa algo para ti?

—Nada, señor.

—Bueno, podemos partir de ahí. Me había preguntado cómo empezar. Ve a la cama y ponte boca abajo. Quítate antes la túnica.

Jonas así lo hizo, con un poco de inquietud. Debajo de su pecho descubierto, sintió los suaves pliegues de la magnífica tela que cubría la cama. Observó cómo el hombre se levantaba y se acercaba primero a la pared donde estaba la bocina.

Era el mismo tipo de bocina que había en cada vivienda, pero había una diferencia. Esta tenía un interruptor, que el hombre hábilmente movió al extremo que decía APAGADO.

Jonas casi se quedó sin aliento. ¡Tenía el poder de *apagar* la bocina! Era algo asombroso.

A continuación, el hombre se acercó con sorprendente rapidez al rincón donde estaba la cama. Se sentó en una silla junto a Jonas, que estaba inmóvil, esperando a ver qué iba a pasar.

—Cierra los ojos. Relájate. Esto no será doloroso.

Jonas recordó que tenía permitido, e incluso se le animaba a plantear preguntas.

—¿Qué va a hacer, señor? —preguntó, esperando que su voz no traicionara su nerviosismo.

—Voy a transmitirte el recuerdo de la nieve —dijo el viejo, y colocó sus manos sobre la espalda desnuda de Jonas.

CAPÍTULO 11

JONAS NO SINTIÓ nada extraño al principio. Solo el toque ligero de las manos del viejo en su espalda.

Trató de relajarse, de respirar a un ritmo regular. El salón estaba en absoluto silencio, y por un momento Jonas tuvo miedo de hacer el ridículo en su primer día de entrenamiento, por quedarse dormido.

Entonces tembló. Se dio cuenta de que el tacto de las manos se sentía, de pronto, frío. En el mismo instante, al aspirar, sintió un cambio en el aire, y cómo su propio aliento se enfriaba. Se pasó la lengua por los labios y, al hacerlo, sintió el aire súbitamente helado.

Era asombroso, pero no sentía temor en absoluto. Estaba lleno de energía, y respiró de nuevo, sintiendo la punzante entrada del aire helado. También podía sentir el aire frío arremolinándose alrededor de todo su cuerpo. Sentía que soplaba contra sus manos, que reposaban a sus costados, y sobre su espalda.

Parecía como si el toque de las manos del hombre hubiera desaparecido.

Entonces tomó conciencia de una sensación completamente nueva: ¿piquetes? No, porque eran suaves y no lo lastimaban. Sensaciones pequeñas, frías, como plumas que caían sobre su cuerpo y su cara. Sacó de nuevo la lengua y atrapó uno de los puntos de frío. Al instante desapareció de su conciencia, pero atrapó otro y otro. La sensación lo hizo sonreír.

Una parte de su conciencia sabía que aún estaba allí, reposando en la cama, en el salón del Anexo. Sin embargo, otra parte separada de su ser estaba erguida, sentada, y debajo de él no sentía la tela suave y decorada, sino que estaba sentado sobre una superficie plana y dura. Ahora sus manos sostenían (aunque al mismo tiempo estaban inmóviles a sus costados) una cuerda rugosa y mojada.

Y podía ver, a pesar de que tenía los ojos cerrados. Veía un torrente de cristales, lleno de brillo, formando remolinos en el aire que lo rodeaba, y veía que se acumulaban en el dorso de sus manos, como un abrigo frío.

Veía su aliento.

Más allá, entre el remolino de lo que, de alguna manera, percibía que era la cosa de la que el viejo había hablado (la *nieve*), podía ver a lo lejos y hacia abajo a gran distancia. Estaba en un lugar elevado. El suelo estaba cubierto por una gruesa capa de nieve, pero él estaba sentado un poco más arriba, en un objeto duro y plano.

Supo de repente que era un trineo. Estaba sentado sobre una cosa llamada *trineo*. Y el propio trineo parecía colocado en la parte superior de un montículo largo, extendido, que se elevaba sobre la misma tierra donde estaba. Aunque pensó en la palabra «montículo», su nueva conciencia le indicó *colina*.

Luego el trineo, con Jonas sobre él, empezó a moverse a través de la nevada, y él comprendió al instante que ahora iba colina abajo. No hubo una voz que le diera una explicación. La experiencia se explicaba por sí sola.

Su rostro cortaba el aire helado mientras empezaba el descenso, avanzando entre la sustancia llamada nieve en el vehículo llamado trineo, que se impulsaba por sí mismo sobre lo que ahora sabía sin duda que eran los *esquíes*.

Al comprender todo esto mientras avanzaba cada vez más rápido hacia abajo, se sentía libre de disfrutar el regocijo que lo dejaba sin aliento y lo sobrecogía: la velocidad, el aire frío y limpio, el silencio total, la sensación de equilibrio, exaltación y paz.

Luego, a medida que el ángulo de inclinación se reducía, a medida que el montículo (la *colina*) se volvía más horizontal cerca de su base, el movimiento hacia adelante del trineo se hizo más lento. Ahora la nieve se apilaba alrededor de él, que empujaba con su cuerpo, impulsándolo hacia adelante, deseando que el emocionante viaje no terminara.

Por último, la obstrucción de la nieve apilada fue demasiada para los delgados esquíes del trineo y se detuvo. Jonas se quedó sentado por un momento, jadeando, sosteniendo la cuerda entre sus manos frías. Tímidamente, abrió los ojos, pero no los ojos de la nieve, la colina y el trineo, porque esos habían estado abiertos durante todo el extraño viaje. Abrió sus ojos normales y vio que aún estaba en la cama, que no se había movido en absoluto.

El viejo, aún junto a la cama, lo miraba.

—¿Cómo te sientes? —preguntó.

Jonas se sentó y trató de responder con honestidad.

—Sorprendido —dijo, después de un momento.

El viejo se secó la frente con su manga.

—¡Fiu! —dijo—. Fue agotador. Pero ¿sabes?, solo por transmitirte ese pequeño recuerdo. creo que me siento un poco más ligero.

—¿Quiere decir...? Dijo que podía hacer preguntas, ¿verdad?

El hombre asintió, animándole a hacerlas.

—¿Quiere decir que ahora ya no tiene ese recuerdo, el de ese viaje en el trineo?

—Así es. Un poco menos de peso para este viejo cuerpo.

—¡Pero fue muy divertido! ¡Y ahora ya no lo tiene! ¡Yo *se lo quité*!

Pero el viejo se rio.

—Todo lo que te di fue un viaje, en un trineo, en una

nieve, en una colina. Tengo un mundo completo en mi memoria. Puedo dártelos uno por uno, miles de veces, y aún habría más.

—¿Está diciendo que yo, quiero decir, nosotros, podemos hacerlo de nuevo? —preguntó Jonas—. De verdad me gustaría. Creo que si jalaba la cuerda tenía la posibilidad de manejarlo. No lo intenté esta vez, porque era algo muy novedoso.

El viejo, riendo, negó con la cabeza.

—Tal vez otro día, por gusto. Pero no hay tiempo, en realidad, para jugar. Solo quería empezar a mostrarte cómo se hace. Ahora —dijo, con un aspecto más práctico—, acuéstate. Quiero.

Jonas lo hizo. Estaba ansioso por conocer la experiencia siguiente. Pero de pronto tenía demasiadas preguntas.

—¿Por qué no tenemos nieve, trineos y colinas? —preguntó—. ¿Y cuándo las tuvimos en el pasado? ¿Mis padres tuvieron trineos cuando eran jóvenes? ¿Usted los tuvo?

El viejo se encogió de hombros y se rio por un momento.

—No —le dijo a Jonas—. Es un recuerdo muy lejano. Por eso resultó tan agotador: tuve que traerlo desde una distancia de muchas generaciones atrás. Me lo dieron cuando era un nuevo Receptor, y el Receptor anterior tuvo que traerlo desde mucho tiempo atrás, también.

—¿Pero qué les pasó a todas esas cosas? ¿La nieve y todo lo demás?

—Control Climático. La nieve dificultaba el cultivo de alimentos, limitaba los períodos agrícolas. Y el clima impredecible imposibilitaba en ocasiones el transporte. No era algo práctico, de modo que se volvió obsoleto cuando llegamos a la Igualdad. Y las colinas también —añadió—. Entorpecían el transporte de bienes. Hacían que los caminos y los autobuses perdieran velocidad. Así que... —Agitó su mano, como si un gesto hubiera hecho que las colinas desaparecieran—, llegamos a la Igualdad —concluyó.

Jonas frunció el ceño.

—Desearía que aún tuviéramos esas cosas. Solo de vez en cuando.

El viejo sonrió.

—Yo también —dijo—. Pero la decisión no nos corresponde a nosotros.

—Pero, señor —sugirió Jonas—, ya que usted tiene tanto poder...

El hombre lo corrigió.

—Honor —dijo con firmeza—. Tengo un gran honor. Igual que tú. Pero descubrirás que no es lo mismo que poder. Recuéstate y mantente callado ahora. Como hemos entrado en el tema del clima, déjame darte algo más. Y esta vez no voy a decirte el nombre, porque quiero probar la recepción. Debes tener la capacidad de percibir el nombre sin que te lo diga. Yo te descubrí las palabras nieve, trineo, colina abajo y esquíes al decírtelas de antemano.

Sin que se lo indicara, Jonas cerró los ojos de nuevo. Sintió las manos en la espalda una vez más. Esperó.

Entonces las sensaciones llegaron más rápido. Esta vez las manos no se volvieron frías; en cambio, empezaron a sentirse cálidas sobre su cuerpo. Se humedecieron un poco. El calor se extendió hacia sus hombros, su cuello y sus mejillas. También podía sentirlo bajo su ropa: una sensación placentera general; y cuando se pasó la lengua por los labios esta vez, el aire era caliente y pesado.

No se movía. No había trineo. Su postura no cambió, simplemente estaba solo, acostado al aire libre, y el calor venía de muy arriba. No era tan emocionante como el viaje a través del aire lleno de nieve, pero resultaba placentero y reconfortante.

De pronto percibió las palabras correspondientes: *rayo de sol*. Percibió que venía del cielo.

Luego se acabó.

—Rayo de sol —dijo en voz alta, abriendo los ojos.

—Bien. Diste con las palabras. Eso facilita mi trabajo. No se necesitan muchas explicaciones.

—Y venía del cielo.

—Tienes razón —dijo el viejo—. Tal como solía pasar.

—Antes de la Igualdad. Antes del Control Climático —añadió Jonas.

El hombre se rio.

—Recibes bien y aprendes rápido. Estoy contento contigo. Creo que ha sido suficiente por hoy. Tuvimos un buen inicio.

Había una pregunta que preocupaba a Jonas.

—Señor —dijo—. La Anciana en Jefe me dijo, les dijo a todos, y usted me dijo también, que sería doloroso. Así que estoy un poco asustado. Pero no me dolió. Realmente lo disfruté.

Miró desconcertado al viejo. El hombre suspiró.

—Empecé con recuerdos placenteros. Mi fracaso anterior me dio la sabiduría para hacer eso. —Respiró hondo varias veces—. Jonas —dijo—, *será* doloroso. Pero no es necesario que lo sea ahora.

—Soy valiente. De verdad lo soy. —Jonas se sentó un poco más derecho.

El viejo lo miró por un instante. Sonrió.

—Puedo verlo —dijo—. Bueno, como hiciste la pregunta... Creo que tengo energía suficiente para una transmisión más. Vuelve a acostarte. Esto será lo último por hoy.

Jonas obedeció alegremente. Cerró los ojos, esperando, y sintió las manos de nuevo; entonces notó otra vez el calor, el rayo de sol, viniendo del cielo de esa otra conciencia que era tan novedosa para él. Esa vez, mientras descansaba, gozando del maravilloso calor del sol, sintió el paso del tiempo. Su yo real estaba consciente de que solo había pasado un minuto o dos, pero su otro yo, el receptor de recuerdos, sintió que las horas transcurrían bajo el sol. La piel empezó a arderle. Con impaciencia, movió un brazo, doblándolo, y sintió un dolor agudo en el pliegue interior del brazo, a la altura del codo.

—¡Ay! —gritó, y cambió de postura en la cama—. ¡Auuch! —exclamó, estremeciéndose mientras se movía, y hasta el movimiento de su boca para hablar hizo que le doliera la cara.

Sabía que tenía un nombre, pero el dolor impedía que lo captara.

Luego terminó. Abrió los ojos, con una mueca de dolor.

—Me dolió —le dijo al hombre—, y no pude captar su nombre.

—Fue una quemadura de sol —le dijo el viejo.

—Me dolió *mucho* —dijo Jonas—, pero estoy contento de que me la haya dado. Fue interesante. Y ahora comprendo mejor lo que significa que sentiré dolor.

El hombre no respondió. Estuvo en silencio por unos segundos.

—Levántate —dijo finalmente—. Es hora de que te vayas a casa.

Ambos caminaron hasta el centro del salón. Jonas volvió a ponerse su túnica.

—Adiós, señor —dijo—. Gracias por mi primer día.

El viejo asintió. Parecía agotado y un poco triste.

—Señor —dijo Jonas, con timidez.

—¿Sí? ¿Tienes alguna pregunta?

—Es que no sé cómo se llama usted. Creí que era el Receptor, pero dice que ahora *yo soy* el Receptor. Así que no sé cómo llamarlo.

El hombre se había sentado de nuevo en su cómodo sillón tapizado. Movió los hombros como si quisiera aliviar una sensación dolorosa. Parecía terriblemente cansado.

—Llámame el Dador —le dijo a Jonas—. Ahora soy el Dador de Recuerdos.

CAPÍTULO 12

DORMISTE BIEN, Jonas? —le preguntó su madre en el desayuno—. ¿No soñaste?

Jonas simplemente sonrió y asintió, porque no estaba preparado para mentir, ni deseaba decir la verdad.

—Dormí profundamente —dijo.

—Desearía que este también lo hiciera —dijo su padre, inclinándose desde su silla para tocar el puño que agitaba Gabriel. La canasta estaba en el piso, junto a él; en una esquina, junto a la cabeza de Gabriel, el hipopótamo de peluche miraba con sus ojos inexpresivos.

—También yo —dijo Mamá, entornando los ojos—. Está muy inquieto por la noche.

Jonas no había escuchado al niño durante la noche porque, como siempre, él *sí* había dormido profundamente. Pero no era verdad que no hubiera tenido sueños. Una y otra vez, mientras dormía, se había deslizado por la colina cubierta de nieve. Siempre, en el sueño, parecía como si hubiera un destino, un *algo* que no podía identificar, que estaba más allá del lugar en que la nieve acumulada hacía que el trineo se detuviera.

Al despertar, se había quedado con la sensación de que quería (y en cierto modo lo necesitaba) alcanzar ese algo que lo esperaba a la distancia. La sensación de que era bueno. De que era hospitalario. De que era importante.

Pero no sabía cómo llegar allí.

Trató de dejar a un lado los retazos del sueño, recogió su trabajo escolar y se preparó para el día.

La escuela parecía un poco diferente hoy. Las clases eran las mismas: lenguaje y comunicaciones; comercio e industria; ciencia y tecnología; procedimientos civiles y gobierno. Pero durante los descansos para los recreos y el almuerzo, los nuevos Doces estaban muy activos describiendo su primer día de entrenamiento. Todos hablaban a la vez, interrumpiéndose entre sí, expresando de prisa la disculpa obligatoria por interrumpir y luego olvidándola por la emoción de relatar las nuevas experiencias.

Jonas escuchaba. Estaba muy consciente de que tenía prohibido comentar su entrenamiento. Pero de todos modos habría sido imposible. No había manera de describir a sus amigos lo que había experimentado en el salón del Anexo. ¿Cómo podría describir un trineo sin describir una colina y la nieve; y cómo describir una colina y la nieve a alguien que nunca había sentido la altura, el viento o ese frío mágico, parecido a plumas?

Aun entrenados durante años, como lo habían sido todos ellos, en la precisión de lenguaje, ¿qué palabras se podrían usar para transmitir a otros la experiencia de un rayo de sol?

Así que a Jonas le resultó fácil permanecer callado y escuchar.

Después de las horas escolares, pedaleó junto a Fiona hasta la Casa de los Viejos.

—Te busqué ayer —le dijo ella—, para irnos juntos a casa. Tu bicicleta todavía estaba allí, y esperé un rato. Pero se estaba haciendo tarde, así que me fui a casa.

—Me disculpo por hacerte esperar —dijo Jonas.

—Acepto tu disculpa —replicó ella automáticamente.

—Me quedé un poco más de lo esperado —explicó Jonas.

Ella siguió pedaleando en silencio, y él sabía que esperaba que él le dijera por qué. Ella esperaba que describiera su primer día de entrenamiento. Pero preguntarlo habría sido grosero.

—Has hecho muchas horas como voluntaria con los Viejos —dijo Jonas, cambiando el tema—. Debes de saberlo casi todo.

—Oh, hay muchas cosas que aprender —replicó Fiona—. Está el trabajo administrativo, que las reglas dietéticas y el castigo por desobediencia. ¿Sabías que usan una varita disciplinaria con los Viejos, igual que con los niños pequeños? Y hay terapia ocupacional, actividades recreativas, medicamentos y...

Llegaron al edificio y aplicaron el freno a sus bicicletas.

—En realidad creo que me va a gustar más que la escuela —confesó Fiona.

—A mí también —estuvo de acuerdo Jonas, empujando su bicicleta a su lugar.

Ella aguardó un segundo, como si, una vez más, esperara que él siguiera hablando. Luego miró su reloj, se despidió con un movimiento de la mano y corrió hacia la entrada.

Jonas se quedó parado por un momento junto a su bicicleta, sorprendido. Había sucedido una vez más: la cosa que ahora pensaba que era «ver más allá». Esta vez había sido Fiona quien había sufrido el cambio fugaz e indescriptible. Cuando levantó la vista y la vio atravesar la puerta, sucedió: ella cambió. En realidad, pensó Jonas, tratando de recrearlo en su mente, no era toda Fiona. Al parecer, solo era su pelo. Y solo por ese breve instante.

Lo repasó mentalmente. Era evidente que empezaba a suceder con más frecuencia. En primer lugar, la manzana, unas semanas antes. La siguiente vez habían sido los rostros del público del Auditorio, apenas dos días antes. Y después, ese mismo día, el pelo de Fiona.

Frunciendo el ceño, Jonas caminó hacia el Anexo. «Le preguntaré al Dador», decidió.

El viejo levantó la vista, sonriendo, cuando Jonas entró en el salón. Ya estaba sentado junto a la cama y parecía tener más energía ese día, se mostraba un poco renovado y contento de ver a Jonas.

—Bienvenido —dijo—. Debemos empezar. Llegaste un minuto tarde.

—Me dis... —empezó Jonas y luego se detuvo, aturdido, recordando que no tenía que pedir disculpas.

Se quitó su túnica y fue a la cama.

—Llegué un minuto tarde porque sucedió algo —explicó—. Y me gustaría preguntarle sobre eso, si no le molesta.

—Puedes preguntarme cualquier cosa.

Jonas trató de ordenar su mente para poder explicarlo con claridad.

—Creo que es lo que usted llama ver más allá.

El Dador asintió.

—Descríbelo —dijo.

Jonas le contó su experiencia con la manzana. Luego el momento en el escenario, cuando miró a lo lejos y vio el mismo fenómeno en los rostros de la gente.

—Hoy, hace un momento, afuera, me sucedió con mi amiga Fiona. Ella no cambió exactamente, pero algo en ella lo hizo por un segundo. Su pelo se veía diferente; pero no en su forma, ni en el largo. No puedo... —Jonas hizo una pausa, frustrado por su incapacidad para atrapar y describir exactamente lo que *había ocurrido*. Por último, simplemente dijo—: Cambió. No sé cómo ni por qué. Por eso llegué un minuto tarde —concluyó, y lanzó una mirada de interrogación al Dador.

Para su sorpresa, el viejo le hizo una pregunta que, al parecer, no tenía relación con ver más allá.

—Cuando te di el recuerdo ayer, el primero, el del viaje en el trineo, ¿miraste alrededor?

Jonas asintió.

—Sí —dijo—, pero la cosa, quiero decir, la nieve que caía alrededor me dificultaba ver lo demás.

—¿Miraste el trineo?

Jonas lo pensó de nuevo.

—No, solo lo sentí debajo de mí. También soñé con él anoche. Pero no recuerdo que haya *visto* el trineo en mi sueño, tampoco. Solo lo sentí.

El Dador parecía pensar.

—Cuando te estuve observando, antes de la selección, percibí que tal vez tenías la capacidad, y lo que describes lo confirma. Te ha sucedido de manera un poco diferente que a mí —le dijo el Dador—. Cuando yo tenía tu edad y estaba a punto de volverme el nuevo Receptor, empecé a experimentarlo, aunque de una forma distinta. Conmigo fue, bueno, no lo describiré ahora; no lo comprenderías aún. Pero creo que puedo adivinar cómo te está sucediendo a ti. Solo déjame hacer una pequeña prueba, para confirmar mi suposición. Recuéstate.

Jonas se acostó de nuevo en la cama, con sus manos a los lados. Se sentía cómodo. Cerró los ojos y esperó la sensación familiar de las manos del Dador en su espalda.

Pero no llegó. En cambio, el Dador le dio instrucciones.

—Recupera el recuerdo del viaje en el trineo. Solo el *principio*, cuando estás en la parte superior de la colina, antes de que empiece el deslizamiento. Y esta vez, mira el trineo.

Jonas estaba desconcertado. Abrió los ojos.

—Discúlpeme —dijo cortésmente—, ¿pero no tiene que darme *usted* el recuerdo?

—Ahora es tu recuerdo. Ya no es mío, no puedo experimentarlo de nuevo. Te lo di.

—¿Pero cómo puedo recuperarlo?

—Puedes recordar el último año, o el año en que eras un Siete, o un Cinco, ¿o no?

—Por supuesto.

—Es muy parecido. Todos en la comunidad tienen recuerdos de una generación como esos. Pero ahora podrás regresar más lejos. Haz la prueba. Solo concéntrate.

Jonas cerró de nuevo los ojos. Respiró hondo y buscó el trineo, la colina y la nieve en su conciencia.

Allí estaban, sin esfuerzo. Estaba sentado de nuevo en aquel mundo de remolinos de copos de nieve, en la parte superior de la colina.

Jonas sonrió con satisfacción y observó el vapor de su propia respiración. Luego, como se lo había indicado, miró hacia abajo. Vio sus propias manos, cubiertas de nuevo por la nieve, sosteniendo la cuerda. Vio sus piernas y las apartó para ver el trineo que estaba debajo.

Lo miró con perplejidad. Esta vez no era una impresión fugaz. Esta vez el trineo tenía (y siguió teniéndola, mientras parpadeaba y lo miraba de nuevo) esa misteriosa cualidad que la manzana había tenido tan brevemente. Y el pelo de Fiona. El trineo no cambió. Simplemente era… lo que fuera.

Jonas abrió los ojos y todavía estaba en la cama. El Dador lo miraba con curiosidad.

—Sí —dijo Jonas lentamente—. Lo vi en el trineo.

—Déjame probar algo más. Mira allí, el librero. ¿Ves la fila superior de libros, los que están debajo de la mesa, en el anaquel superior?

Jonas los buscó con la vista. Los miró fijamente, y cambiaron. Pero el cambio fue momentáneo. Desapareció al instante.

—Sucedió —dijo Jonas—. Les sucedió a los libros, pero se fue de nuevo.

—Tengo razón, entonces —dijo el Dador—. Estás empezando a ver el color rojo.

—¿El qué?

El Dador suspiró.

—¿Cómo explicarte esto? Una vez, durante el tiempo de los recuerdos, todo tenía una forma y un tamaño, como siguen teniendo las cosas, pero también tenían una cualidad llamada *color*.

—Había muchos colores, y a uno de ellos se le llamaba rojo. Ese es el que estás empezando a ver. Tu amiga Fiona tiene el pelo rojo (muy distintivo, en realidad); lo había notado antes. Cuando mencionaste el pelo de Fiona, me diste una pista de que tal vez estabas empezando a ver el color rojo.

—¿Y los rostros de la gente? ¿Los que vi en la Ceremonia?

El Dador agitó su cabeza.

—No, la carne no es roja. Pero tiene tonos rojizos. Hubo una vez, en realidad (lo verás en los recuerdos posteriores) en que la carne tenía muchos colores distintos. Eso fue antes de que adoptáramos la Igualdad. Hoy en día, toda la carne es semejante, y lo que ves son los tonos rojizos. Tal vez cuando viste que las caras tomaban color, no fue tan profundo o vibrante como la manzana o el pelo de tu amiga.

El Dador se rio, de pronto.

—Nunca hemos dominado por completo la Igualdad. Supongo que los científicos genéticos aún están trabajando mucho para tratar de hacer a un lado los casos extraños. Un pelo como el de Fiona debe de volverlos locos.

Jonas escuchó, esforzándose por comprender.

—¿Y el trineo? —preguntó—. Tenía eso mismo: el color rojo. Pero no *cambió*, Dador. Solo *era*.

—Porque es un recuerdo del tiempo en que *había* color.

—Era tan... Oh, ¡desearía que el lenguaje fuera más preciso! ¡El rojo era tan hermoso!

El Dador asintió.

—Lo es.

—¿Lo ve todo el tiempo?

—Los veo todos. Todos los colores.

—¿Los veré yo?

—Por supuesto. Cuando recibas los recuerdos. Tienes la capacidad de ver más allá. Obtendrás la sabiduría, entonces, junto con los colores. Y muchas cosas más.

Jonas no estaba interesado, en ese momento, en la sabiduría. Eran los colores los que lo fascinaban.

—¿Por qué no todas las personas pueden verlos? ¿Por qué desaparecieron los colores?

El Dador se encogió de hombros.

—Nuestro pueblo tomó esa decisión, la decisión de adoptar la Igualdad. Antes de mi época, antes de la época anterior, hace muchísimo, muchísimo, muchísimo tiempo. Renunciamos al color cuando renunciamos a los rayos de sol y desechamos las diferencias. —Reflexionó por un momento—. Logramos controlar muchas cosas. Pero tuvimos que alejarnos de otras.

—¡No debimos hacerlo! —dijo Jonas con furia.

El Dador notó con sorpresa la seguridad en la reacción de Jonas. Luego sonrió con ironía.

—Has llegado muy rápidamente a esa conclusion —dijo—. A mí me tomó muchos años. Tal vez tu sabiduría llegará más de prisa que la mía.

Miró al reloj de la pared.

—Acuéstate ahora. Tenemos mucho que hacer.

—Dador —dijo Jonas, mientras se acomodaba de nuevo en la cama—, ¿cómo le sucedió a usted cuando se estaba convirtiendo en Receptor? Dijo que el ver más allá le sucedió a usted, pero no de la misma manera.

Las manos regresaron a su espalda.

—Otro día —dijo el Dador con suavidad—. Te lo contaré otro día. Ahora debemos trabajar. Y he pensado en una manera de ayudarte con el concepto del color. Cierra los ojos y quédate quieto ahora. Voy a darte el recuerdo de un arcoíris.

CAPÍTULO 13

PASARON DÍAS, Y SEMANAS. Jonas aprendió, a través de los recuerdos, los nombres de los colores; y entonces empezó a verlos todos en su vida normal (aunque sabía que ya no era normal, y nunca lo volvería a ser). Pero no duraban. Había un atisbo de verde en el césped alrededor de la Plaza Central, en un arbusto a la orilla del río. El anaranjado brillante de las calabazas que llegaban en camiones de los campos agrícolas, más allá de los límites de la comunidad, lo veía durante un instante, el resplandor de un color brillante; pero se iba de nuevo, y las calabazas recuperaban su tono plano y sin matiz.

El Dador le dijo que pasaría mucho tiempo antes de que pudiera conservar los colores.

—¡Pero yo los quiero! —dijo Jonas con enojo—. ¡No es justo que nada tenga color!

—¿No es justo? —El Dador miró a Jonas con curiosidad—. Explica lo que quieres decir.

—Bueno. —Jonas tuvo que detenerse y pensarlo con detenimiento—. Si todo es igual, ¡entonces no hay opciones! ¡Quiero despertar en la mañana y *decidir* cosas! ¿Una túnica azul o una roja? —Se vio a sí mismo, a la tela sin color de su ropa—. Pero todo es lo mismo, siempre. —Luego sonrió un poco—. Sé que no es importante, lo que vistes. No importa. Pero...

—Lo importante es decidir, ¿verdad? —le preguntó el Dador.

Jonas asintió.

—Mi hermanito —empezó y luego se corrigió—. No, no es exacto. No es mi hermano, en realidad. Pero este niño que mi padre cuida. Se llama Gabriel.

—Sí, estoy al tanto de Gabriel.

—Bueno, se encuentra en una edad en la que está aprendiendo muchísimo. Atrapa los juguetes cuando los sostenemos frente a él. Mi padre dice que está aprendiendo control de los músculos menores. Y en realidad es hermoso.

El Dador asintió.

—Pero ahora que veo los colores, por lo menos algunas veces, estaba pensando: ¿qué pasaría si pudiéramos sostener frente a él cosas que fueran de color rojo brillante, o amarillo brillante, y pudiera *elegir*? En lugar de la Igualdad.

—Podría hacer elecciones equivocadas.

—Oh. —Jonas se quedó callado por un momento—. Oh, veo lo que quiere decir. No importaría en el caso del juguete de un niño. Pero más adelante *sí* sería importante, ¿no? No nos atrevemos a dejar que la gente haga elecciones propias.

—¿No es seguro? —sugirió el Dador.

—Definitivamente no es seguro —dijo Jonas convencido—. ¿Qué pasaría si se les permitiera escoger a su propia pareja? ¿Y si hicieran la elección *incorrecta*? ¿O qué pasaría si eligieran sus propios *trabajos*? —siguió adelante, casi riendo por lo absurdo de su idea.

—Atemorizante, ¿no? —dijo el Dador.

Jonas se rio.

—Muy atemorizante. Ni siquiera lo puedo imaginar. En realidad tenemos que proteger a la gente de las decisiones incorrectas.

—Es más seguro.

—Sí. —Jonas estuvo de acuerdo—. Mucho más seguro.

Pero cuando la conversación se desvió a otras cosas, Jonas se quedó, todavía, con un sentimiento de frustración que no comprendía.

Se dio cuenta de que estaba furioso; irracionalmente furioso con sus compañeros de grupo, que estaban satisfechos con sus vidas que no tenían nada de la vitalidad que estaba adquiriendo la suya. Y estaba furioso consigo mismo, porque no podía cambiar la situación.

Hizo el intento. Sin pedir permiso al Dador, porque tenía miedo de que se lo negara (o sabía que así lo haría), trató de aportar una nueva conciencia a sus amigos.

—Asher —dijo Jonas esa mañana—. Mira cuidadosamente esas flores.

Estaban junto a un macizo de geranios plantados cerca de la Oficina de Registros Públicos. Puso sus manos en los

hombros de Asher y se concentró en el rojo de los péta-
los, tratando de conservarlo todo lo que podía y tratando,
al mismo tiempo, de trasmitir la conciencia del rojo a su
amigo.

—¿Qué pasa? —le preguntó Asher con incomodidad—. ¿Algo está mal?

Se alejó de las manos de Jonas. Era extremadamente
descortés que un ciudadano tocara a otro fuera de las unidades familiares.

—No, nada. Pensé por un minuto que estaban marchi-
tándose y debía hacerle saber a la Brigada de Jardinería que
necesitan más agua —suspiró Jonas y se alejó.

Una noche llegó a casa después de su entrenamiento abrumado por sus nuevos conocimientos. El Dador
había elegido un recuerdo inquietante y perturbador ese
día. Bajo el toque de sus manos, Jonas se había encontrado de pronto en un lugar que era completamente extraño: caluroso y barrido por el viento bajo un vasto cielo azul. Había escasos manojos de hierba, unos cuantos
arbustos y rocas, y pudo ver un área cercana con vegeta-
ción más espesa: árboles anchos y bajos que se recorta-

ban contra el cielo. Podía escuchar ruidos: disparos níti-
dos (había percibido la palabra *rifles*) y luego gritos, y el
sonido seco de algo que caía, arrancando ramas de los árboles.

Escuchó voces que se llamaban entre sí. Atisbando
desde el lugar donde estaba escondido, detrás de unos ma-
torrales, recordaba lo que le había dicho el Dador, que
hubo una vez en que la piel tenía diferentes colores. Dos de
estos hombres tenían la piel de color café oscuro; los otros
la tenían clara. Al acercarse, los vio cortar los colmillos de
un elefante inmóvil en el piso y llevárselos, salpicados de
sangre. Se sintió sobrecogido por una nueva percepción del
color que conocía como rojo.

Entonces los hombres se fueron, acelerando hacía el
horizonte en un vehículo que escupía pequeñas piedras
con el girar de sus ruedas. Una le golpeó en la frente y
lo lastimó. Pero el recuerdo continuó, aunque el dolor de
Jonas pedía que llegara a su fin.

Entonces vio que otro elefante surgía del lugar donde había estado escondido entre los árboles. Caminó muy
lentamente hacia el cuerpo mutilado y lo observó. Con su

trompa sinuosa acarició el enorme cadáver; luego la levantó, rompió algunas ramas de un golpe, y las tendió sobre la masa de carne desgarrada.

Por último, inclinó su enorme cabeza, elevó la trompa y bramó en el paisaje desolado. Jonas nunca había escuchado un sonido semejante. Contenía rabia y dolor, y parecía que nunca terminaría.

Aún podía escucharlo cuando abrió los ojos, angustiado, en la cama donde recibía los recuerdos. Siguió bramando en su conciencia mientras pedaleaba lentamente a casa.

—Lily —preguntó esa noche, cuando su hermana tomó su objeto de seguridad, el elefante de peluche, del estante—. ¿Sabías que en otra época hubo elefantes realmente? ¿Vivos?

Ella miró a su maltratado objeto de seguridad y sonrió ampliamente.

—Claro —dijo, con escepticismo—. Seguro, Jonas.

Jonas se sentó junto a ellos mientras su padre desataba los listones del cabello de Lily y la peinaba. Colocó las manos en los hombros de cada uno. Con todo su ser trató de dar a cada uno un fragmento del recuerdo; no del llanto torturado del elefante, sino del *ser* del elefante, de la alta e inmensa criatura y el cuidado meticuloso con que había atendido a su amigo al final.

Pero su padre siguió peinando el largo pelo de Lily, y esta, impaciente, se apartó bajo el apretón de su hermano.

—Jonas —dijo—, *me estás haciendo daño* con tu mano.

—Me disculpo por hacerte daño, Lily —murmuró Jonas y retiró su mano.

—Acepto tu disculpa —respondió Lily con indiferencia, acariciando al elefante sin vida.

* * *

—Dador —preguntó Jonas, una vez, mientras se preparaban para el día del trabajo—, ¿no tiene esposa? ¿No tiene permitido solicitar una?

Aunque estaba exento de las reglas que regían la descortesía, estaba consciente de que se trataba de una pregunta descortés. Pero el Dador había alentado todas estas preguntas, sin mostrarse avergonzado u ofendido aun por las más personales.

El Dador se rio entre dientes.

—No, no hay una regla que lo prohíba. Y tuve una

esposa. Estás olvidando que soy viejo, Jonas. Mi anterior esposa vive con los Adultos Sin Hijos.

—Oh, por supuesto.

Jonas *había olvidado* la evidente vejez del Dador. Cuando los adultos de la comunidad se hacían mayores, sus vidas cambiaban. Ya no eran necesarios para crear unidades familiares. Los propios padres de Jonas, cuando él y Lily hubieran crecido, irían a vivir con los Adultos sin Hijos.

—Tú podrás solicitar una esposa, Jonas, si lo deseas. Sin embargo, te aviso de que será difícil. Tendrás que organizar tu vida de manera diferente a la de casi todas las unidades familiares, porque los libros están prohibidos para los ciudadanos. Tú y yo somos los únicos que tenemos acceso a ellos.

Jonas contempló el asombroso despliegue de volúmenes. Ahora, de vez en cuando, podía ver sus colores. Como las horas que pasaba junto al Dador eran consumidas por la conversación y las transmisiones de recuerdos, Jonas aún no había abierto ningún libro. Pero leía los títulos aquí y allá, y sabía que contenían todo el conocimiento de siglos, y que algún día le pertenecerían.

—Así que si tengo una esposa, y tal vez hijos, ¿tendré que ocultarles los libros?

El Dador asintió.

—No se me permitía compartir los libros con mi esposa, así es. Y también hay otras dificultades. ¿Recuerdas la regla que dice que el nuevo Receptor no puede hablar de su entrenamiento?

Jonas asintió. Por supuesto que la recordaba. Se había convertido, por mucho, en la más frustrante de las reglas que estaba obligado a obedecer.

—Cuando te conviertas en el Receptor oficial, cuando hayamos terminado aquí, se te dará un nuevo conjunto de reglas. Esas son las que yo obedezco. Y no te sorprenderá que tengo prohibido hablar de mi trabajo, excepto con el nuevo Receptor. Ese eres tú, por supuesto. Así que habrá una parte completa de tu vida que no podrás compartir con una familia. Es difícil, Jonas. Era difícil para mí. Tú comprendes que esta *es* mi vida, ¿verdad? Los recuerdos.

Jonas asintió de nuevo, pero se sentía desconcertado. ¿La vida no estaba conformada por las cosas que uno hacía todos los días? En realidad, no había nada más.

—Le he visto dar paseos —dijo.

El Dador suspiró.

—Camino. Como cuando es hora. Y cuando me llama el Comité de Ancianos, comparezco ante ellos para darles consejo y hacerles sugerencias.

—¿Los aconseja con frecuencia? —Jonas estaba un poco atemorizado ante la idea de que un día sería él quien diera consejo al órgano de gobierno.

Pero el Dador dijo que no.

—En muy contadas ocasiones. Solo cuando enfrentan algo que no han experimentado antes. Entonces me llaman para que use los recuerdos y los aconseje. Pero casi nunca pasa. A veces desearía que solicitaran mi sabiduría con más frecuencia. Hay demasiadas cosas que podría decirles, cosas que desearía que cambiaran. Pero no quieren cambiar. La vida aquí es tan ordenada, predecible e indolora. Es lo que han elegido.

—No sé, entonces, para qué *necesitan* un Receptor, si nunca lo llaman —comentó Jonas.

—Ellos me necesitan. Y a ti —dijo el Dador, pero no lo explicó—. Eso se les recordó hace diez años.

—¿Qué sucedió hace diez años? —preguntó Jonas—. Oh, ya lo sé. Trató de entrenar a un sucesor y falló. ¿Por qué? ¿Por qué eso les hizo recordar?

El Dador sonrió con desagrado.

—Cuando el nuevo Receptor falló, los recuerdos que ella había recibido se liberaron. No se me regresaron. Se fueron. —Hizo una pausa y pareció como si estuviera luchando con una idea—. No sé exactamente. Se fueron al lugar donde existían los recuerdos en otro tiempo, antes de que se creara a los Receptores. Algún lugar *allá afuera...* —Hizo un gesto vago con su brazo—. Y entonces la gente tuvo acceso a ellos.

Al parecer, así era antes. Todos tenían acceso a los recuerdos. Fue un caos —dijo—. Realmente sufrieron por algún tiempo. Al final, el sufrimiento cedió a medida que se asimilaron los recuerdos. Pero eso los hizo conscientes de lo necesario que es un Receptor para contener todo el dolor. Y el conocimiento.

—Pero usted tiene que sufrir así todo el tiempo —señaló Jonas.

El Dador asintió.

—Y tú sufrirás. Es mi vida. Será la tuya.

Jonas pensó sobre eso, sobre cómo sería para él.

—Junto con caminar, comer y... —Miró las paredes llenas de libros—. ¿Leer? ¿Eso es?

El Dador asintió con la cabeza.

—Esas son simplemente las cosas que *hago*. Mi *vida* está aquí.

—¿En este salón?

El Dador negó con la cabeza. Puso sus manos en su propia cara, su pecho.

—No. Aquí, en mi ser. Donde se encuentran los recuerdos.

—Mis Instructores de ciencia y tecnología nos han enseñado el funcionamiento del cerebro —dijo Jonas con entusiasmo—. Está lleno de impulsos eléctricos. Es como una computadora. Si estimula una parte del cerebro con un electrodo... —Dejó de hablar. Pudo ver una mirada extraña en la cara del Dador.

—No saben nada —dijo el Dador con amargura.

Jonas estaba sorprendido. Desde el primer día en el salón del Anexo, habían hecho a un lado las reglas de la descortesía, y Jonas se sentía cómodo con eso ahora. Pero esto era diferente, e iba más allá de la descortesía.

Era una acusación terrible. ¿Qué pasaría si alguien lo oyera?

Miró rápidamente a la bocina en la pared, aterrado de que el Comité estuviera escuchando, porque lo podían hacer en cualquier momento. Pero, como siempre durante sus sesiones, el interruptor estaba en la posición de APA- GADO.

—¿Nada? —susurró Jonas nerviosamente—. Pero mis Instructores...

El Dador dio un golpecito en su mano, como si se quitara algo.

—Oh, tus Instructores están bien entrenados. Cono- cen los datos científicos. *Todos* están bien entrenados para hacer su trabajo. Solo que. sin los recuerdos, todo carece de sentido. Ellos me dieron esa carga a mí, y al anterior Receptor, y al que estuvo antes de él.

—Y así desde hace muchísimo, muchísimo, muchísi- mo tiempo —dijo Jonas, conociendo la frase que siempre pronunciaba.

El Dador sonrió, aunque su sonrisa fue extrañamente dura.

—Eso es cierto. Y el próximo serás tú. Un gran honor.

—Sí, señor. Me dijeron eso en la Ceremonia. El mayor de los honores.

* * *

Algunas tardes, el Dador lo regresaba sin entrenamiento. Jonas sabía, cuando llegaba y encontraba al Dador encogido, meciendo ligeramente su cuerpo, con el rostro pálido, que lo regresaría.

—Vete —le decía el Dador, tenso—. Estoy sufriendo. Regresa mañana.

En esos días, preocupado y decepcionado, Jonas paseaba solo junto al río. No había gente en los caminos, con excepción de las Brigadas de Reparto y los Trabajadores del Paisaje, aquí y allá. Todos los niños pequeños estaban en el Centro de Cuidado Infantil después de la escuela, y los más mayores estaban ocupados con las horas como voluntarios o el entrenamiento.

En soledad, ponía a prueba su propia memoria en desarrollo. Contemplaba el paisaje en busca de atisbos del verde que sabía que tenían los arbustos; cuando resplandecía en su conciencia, se concentraba en él, manteniéndolo, oscureciéndolo, reteniéndolo en su visión todo el tiempo posible, hasta que le dolía la cabeza y dejaba que desapareciera.

Miraba el cielo plano y sin color, extrayéndole el azul, y recordaba el rayo de sol hasta que finalmente, por un instante, podía sentir su calor.

Permanecía al pie del puente que cruzaba el río, el puente que los ciudadanos solo tenían permitido atravesar por asuntos oficiales. Jonas lo había cruzado en viajes escolares, cuando visitaban las comunidades del exterior, y sabía que la tierra más allá del puente era igual, plana y bien ordenada, con campos para la agricultura. Las demás comunidades que había visto en sus visitas eran esencialmente semejantes a la suya; las únicas diferencias eran estilos ligeramente alterados de vivienda, calendarios ligeramente distintos en las escuelas.

Se preguntaba qué habría lejos, donde nunca había ido. La tierra no *terminaba* más allá de esas comunidades cercanas. ¿Habría *colinas* en Otro Lugar? ¿Las vastas áreas azotadas por el viento serían como el lugar que había visto en el recuerdo, el lugar donde murió el elefante?

✳ ✳ ✳

—Dador —le preguntó la tarde después de que lo hubiera mandado a casa—, ¿qué le provoca dolor? —El Dador se quedó callado, así que Jonas siguió hablando—: La Anciana en Jefe me dijo, al principio, que recibir recuerdos causaba un terrible dolor. Y usted me describió que el fracaso del último nuevo Receptor diseminó recuerdos dolorosos en la comunidad. Pero yo no he sufrido, Dador. En verdad no —Jonas sonrió—. Oh, recuerdo la quemadura de sol que me dio el primer día. Pero no fue tan terrible. ¿Qué le hace sufrir tanto? Si me da algo de eso, tal vez su dolor sería menor.

El Dador asintió.

—Acuéstate —dijo—. Supongo que es hora. No puedo protegerte por siempre. En algún momento lo tendrás que recibir. Déjame pensar —agregó, cuando Jonas ya estaba en la cama, esperando con un poco de temor.

—Muy bien —dijo el Dador, después de un momento—. Lo he decidido. Empezaremos con algo familiar. Vamos de nuevo a una colina y un trineo.

Colocó sus manos sobre la espalda de Jonas.

CAPÍTULO 14

ESTE RECUERDO FUE muy semejante, aunque la colina parecía diferente, más inclinada, y la nieve no caía tan densamente como antes.

Jonas percibió que también hacía más frío. Vio, mientras esperaba en la parte superior de la colina, que la nieve que había debajo del trineo no era tan gruesa y suave como la otra vez, sino dura y cubierta de un hielo azuloso.

El trineo se deslizó hacia adelante, y Jonas sonrió con deleite, esperando el emocionante deslizamiento entre el aire vigorizante.

Pero esta vez los esquíes no podían hender la superficie congelada como lo hacían en la nieve que cubría la otra colina. Daban saltos a un lado y otro, y el trineo avanzaba con más rapidez. Jonas tiró de la cuerda, tratando de controlarlo, pero la inclinación y la velocidad lo superaron y ya no disfrutaba la sensación de libertad; en cambio, estaba aterrado, a merced de la salvaje aceleración sobre el hielo.

De costado, mientras giraba, el trineo golpeó un promontorio en la colina y Jonas sintió una sacudida que lo soltó y lo lanzó violentamente al aire. Sintió que su pierna se doblaba bajo su propio peso, y pudo escuchar el resquebrajamiento de un hueso. Su cara se raspó en las orillas aserradas del hielo y cuando, por fin, se detuvo, estaba tirado, conmocionado y quieto, sin sentir nada más que miedo.

Luego llegó la primera oleada de dolor. Gimió. Era como si un hacha se clavara en su pierna, cortando cada nervio con su hoja caliente. En su agonía, percibió la palabra «fuego» y sintió como si las llamas lamieran el hueso roto y la carne desgarrada. El dolor aumentó.

Gritó. No hubo respuesta.

Sollozando, giró la cabeza y vomitó sobre la nieve congelada. La sangre goteó de su cara hacia el vómito.

—¡Noooo! —gritó, y el sonido desapareció en el paisaje desolado, arrastrado por el viento.

Luego, de pronto, estaba de nuevo en el salón del Anexo, retorciéndose en la cama. Tenía la cara llena de lágrimas.

Ya era capaz de moverse y meció su propio cuerpo, respirando profundamente para liberar el dolor recordado.

Se sentó y miró su pierna, que estaba extendida sobre la cama, sin rotura. El fragmento brutal de dolor se había ido. Pero la pierna aún le dolía horriblemente y sentía la cara raspada.

—¿Puede darme algo para aliviar el dolor, por favor? —suplicó. Siempre se lo daban en su vida diaria para arañazos y heridas, dedos aplastados, dolor de estómago, rodillas raspadas al caerse de la bicicleta. Siempre había una pomada anestésica, una píldora, o, en casos graves, una inyección que le daba alivio completo e instantáneo.

Pero el Dador dijo que no y miró a lo lejos.

Cojeando, esa noche Jonas caminó hasta su casa, empujando su bicicleta. El dolor de la quemadura de sol había sido muy leve en comparación con este, y no había durado. Pero este dolor perduró.

No era insoportable, como había sido en la colina. Jonas trató de ser valiente. Recordó que la Anciana en Jefe dijo que él era valiente.

—¿Pasa algo malo, Jonas? —preguntó su padre durante la cena—. Estás muy callado hoy. ¿No te sientes bien? ¿Quieres algún medicamento?

Pero Jonas recordó las reglas. No habría medicinas para algo relacionado con su entrenamiento.

Tampoco podía hablar sobre su entrenamiento. En el momento de compartir sus sentimientos, simplemente dijo que se sentía cansado, que las lecciones en su escuela habían sido especialmente demandantes ese día.

Se fue a su dormitorio más temprano, y a través de la puerta cerrada pudo oír a sus padres y su hermana riendo mientras le daban a Gabriel su baño nocturno.

«Nunca han conocido el dolor», pensó. Esta idea le hizo sentirse desesperadamente solo, y se frotó la pierna, que todavía le dolía. Al final se quedó dormido. Una y otra vez soñó con la angustia y el aislamiento de la colina abandonada.

* * *

El entrenamiento diario siguió adelante, y ahora siempre incluía dolor. El martirio de la pierna fracturada no parecía más que una simple incomodidad a medida que el

Dador guiaba a Jonas firmemente, poco a poco, hacia el profundo y terrible sufrimiento del pasado. Cada vez, en su bondad, El Dador terminaba la tarde con un recuerdo lleno de color y placer: un vivo paseo en barco por un lago de aguas verdiazules; una pradera punteada con flores silvestres amarillas; una puesta de sol anaranjada detrás de las montañas.

Era suficiente para aliviar el dolor que Jonas estaba empezando a conocer.

—*¿Por qué?* —le preguntó Jonas después de recibir un tormentoso recuerdo en que se le había dejado sin atender y sin alimentar; el hambre le había provocado espasmos atroces en su estómago vacío e hinchado. Permanecía en la cama, adolorido—. ¿Por qué usted y yo debemos conservar estos recuerdos?

—Nos dan sabiduría —replicó el Dador—. Sin sabiduría no podría realizar mi función de aconsejar al Comité de Ancianos cuando me llaman.

—¿Pero qué sabiduría se obtiene del hambre? —gimió Jonas. Aún le dolía el estómago, aunque el recuerdo se había terminado.

—Hace algunos años —le dijo el Dador—, antes de que nacieras, muchos ciudadanos hicieron una petición al Comité de Ancianos. Querían aumentar la tasa de nacimientos. Querían que a cada Madre Biológica se le asignaran cuatro nacimientos en lugar de tres, para que aumentara la población y hubiera más Obreros disponibles.

Jonas asintió, escuchando con atención.

—Eso tiene sentido.

—La idea era que ciertas unidades familiares pudieran tener un hijo adicional.

Jonas asintió de nuevo.

—La mía podría —señaló—. Este año tenemos a Gabriel, y es divertido contar con un tercer hijo.

—El Comité de Ancianos solicitó mi consejo —dijo el Dador—. Para ellos también tenía sentido, pero era una idea nueva y acudieron a mí en busca de sabiduría.

—¿Y usó sus recuerdos?

El Dador respondió afirmativamente.

—Y el recuerdo más fuerte que encontré fue el del hambre. Vino de muchas generaciones atrás. De *siglos* atrás. La población había llegado a crecer tanto que había hambre por todos lados. Hambre y muerte penosísimas. Le siguió la guerra.

¿Guerra? Era un concepto que Jonas no conocía. Pero el hambre ya le era familiar. Inconscientemente, se acarició el abdomen, recordando el dolor provocado por las necesidades no satisfechas.

—¿Así que se los describió?

—Ellos no quieren saber nada acerca del dolor. Solo buscan consejo. Yo simplemente les dije que no estaba a favor del incremento de la población.

—Pero dijo que fue antes de que yo naciera. Ellos muy pocas veces buscan su consejo. Solo cuando... ¿Qué fue lo que dijo? Cuando enfrentan algo que no han experimentado antes. ¿Cuándo fue la última vez que sucedió?

—¿Recuerdas el día en que el avión voló sobre la comunidad?

—Sí. Estaba espantado.

—También ellos. Se prepararon para derribarlo. Pero buscaron mi consejo y les dije que esperaran.

—¿Pero cómo lo supo? ¿Cómo supo que el piloto estaba perdido?

—No lo supe. Usé mi sabiduría, la de los recuerdos. Sabía que en el pasado hubo épocas (tiempos terribles) en que la gente había destruido a otros por apresuramiento, por miedo, y había ocasionado su propia destrucción.

Jonas se dio cuenta de algo.

—Eso significa —dijo lentamente— que usted tiene recuerdos de destrucción. Y también que me los debe dar, porque es necesario que adquiera sabiduría.

El Dador asintió.

—Pero dolerá —dijo Jonas. No era una pregunta.

—Dolerá terriblemente —convino el Dador.

—¿Pero por qué no *todos* tienen los recuerdos? Creo que sería un poco más fácil si todos los recuerdos se compartieran. Usted y yo no tendríamos que soportar tanto si todos tomaran una parte.

El Dador suspiró.

—Tienes razón —dijo—. Pero entonces todos llevarían una carga y mucho dolor. No quieren eso. Y esa es la verdadera razón por la que el Receptor es tan vital para ellos, y tan honrado. Me seleccionaron (y te seleccionaron) para llevar esa carga por ellos.

—¿Cuándo lo decidieron? —preguntó Jonas con furia—. No fue algo justo. ¡Hay que cambiarlo!

—¿Cómo sugieres que lo hagamos? Nunca he logrado pensar en una manera, y se supone que yo soy el que tiene toda la sabiduría.

—Pero ahora somos dos —dijo Jonas con entusiasmo—. ¡*Juntos* podemos pensar en algo!

El Dador lo miró con una sonrisa irónica.

—¿Por qué no solicitamos tan solo un cambio de reglas? —sugirió Jonas.

El Dador se rio; luego, Jonas también soltó una risita renuente.

—La decisión se tomó mucho antes de que tú y yo existiéramos —dijo el Dador—, y antes del Receptor anterior y... —Esperó.

—Hace muchísimo, muchísimo, muchísimo tiempo —Jonas repitió la frase familiar. En ocasiones le había parecido humorística; otras le había parecido significativa e importante.

Entonces le pareció fatídica. Comprendió que significaba que nada podía cambiarse.

* * *

El niño Gabriel estaba creciendo y pasaba con éxito las pruebas de madurez que los Criadores le ponían cada mes; ya se podía sentar solo, estiraba la mano y tomaba pequeños objetos, y tenía seis dientes. Papá reportó que durante el día era alegre y parecía tener una inteligencia normal. Pero seguía inquieto por la noche, lloraba a menudo y necesitaba atención frecuente.

—Después de todo el tiempo extra que le he dedicado —dijo Papá una noche, después de bañar y acostar a Gabriel, quien, por el momento, dormía abrazando plácidamente a su hipopótamo en la pequeña cuna que había reemplazado a la canasta—, espero que no decidan liberarlo.

—Tal vez sería lo mejor —sugirió Mamá—. Sé que no te importa levantarte por él en la noche. Pero a mí la falta de sueño me hace sentir terriblemente mal.

—Si liberan a Gabriel, ¿podríamos tener otro niño como visitante? —preguntó Lily. Estaba junto a la cuna, haciendo caras divertidas al pequeño, que le sonreía.

La madre de Jonas entornó los ojos con pesar.

—No —dijo Papá, sonriendo. Le revolvió el cabello a Lily—. Es muy raro, de todos modos, que la condición de un niño sea tan incierta como la de Gabriel. Probablemente no volverá a suceder en mucho tiempo. De cualquier modo —suspiró—, tardarán en tomar una decisión. En este momento, todos estamos preparando una liberación que tal vez haremos muy pronto. Hay una Madre Biológica que está esperando gemelos para el próximo mes.

—Oh, querido —dijo Mamá, agitando la cabeza—. Si son idénticos, espero que tú no seas el encargado.

—Sí. Soy el siguiente en la lista. Tendré que elegir a cuál criaremos y cuál liberaremos. Aunque por lo general no resulta difícil. Casi siempre la decisión se basa en el peso con el que nacen. Liberamos al más pequeño de los dos.

Al escucharlo, Jonas pensó de pronto en el puente y en que, estando allí, se había preguntado qué habría en Otro Lugar. ¿Habría alguien allí, esperando, que pudiera recibir al pequeño gemelo liberado? ¿Crecería en Otro Lugar sin saber, siquiera, que en esta comunidad vivía un ser que tenía su mismo aspecto?

Por un instante, sintió como si una leve esperanza revoloteara en su interior, aunque sabía que era muy tonta. Esperaba que fuera Larissa quien esperaba. Larissa, la vieja a la que había bañado. Recordaba sus ojos brillantes, su voz suave, su risa queda. Fiona le había dicho que Larissa había sido liberada en una ceremonia maravillosa.

Pero sabía que a los Viejos no se les daban niños para criar. La vida de Larissa en Otro Lugar sería tranquila y serena, como es apropiado para los Viejos; no le gustaría tener a la responsabilidad de criar a un niño que necesitaba alimentación y cuidado y que lloraría de noche.

—Mamá, Papá —dijo, y la idea había surgido de manera inesperada—, ¿por qué no ponemos la cuna de Gabriel en mi cuarto esta noche? Sé cómo alimentarlo y tranquilizarlo, y dejaría que tú y Papá durmieran un poco.

Papá lo miró con duda.

—Tú duermes muy profundamente, Jonas. ¿Qué pasaría si estuviera inquieto y tú no te despertaras?

Fue Lily quien respondió a eso.

—Cuando nadie le atiende —señaló—, Gabriel grita mucho. Nos despertará a *todos*, si Jonas se queda dormido por completo.

Papá se rio.

—Tienes razón, Lily-Billy. Muy bien, Jonas, hagamos la prueba, solo por esta noche. Me tomaré un descanso y dejaremos que también Mamá duerma un poco.

* * *

Gabriel durmió bien durante la primera parte de la noche. Jonas, en su cama, estuvo despierto durante un rato; cada tanto, se recargaba en un codo, y miraba hacia la cuna. El niño descansaba boca abajo, con los brazos relajados junto a su cabeza, los ojos cerrados y la respiración regular y tranquila. Por último, Jonas también se durmió.

Luego, cerca de medianoche, los ruidos que hacía Gabe, que estaba inquieto, despertaron a Jonas. El niño daba vueltas debajo de su colcha, agitando los brazos, y empezaba a lloriquear.

Jonas se acercó a Gabriel. Con suavidad, le dio unas palmadas en la espalda. En ocasiones, eso era todo lo que se necesitaba para que se sintiera arrullado y se volviera a dormir. Pero el niño aún se movía mucho bajo su mano.

Sin dejar de darle palmadas rítmicamente, Jonas empezó a recordar el maravilloso paseo en barco que el Dador le había entregado no hacía mucho: un día brillante, con brisa, en un lago de color turquesa claro y, sobre él, la vela blanca del barco hinchándose mientras la impulsaba el viento.

No tomó conciencia de que estaba dando el recuerdo, pero de pronto notó que se estaba volviendo cada vez más tenue, que se deslizaba por su mano hacia el ser del niño. Gabriel se calmó. Maravillado, Jonas retiró lo que quedaba del recuerdo con un esfuerzo de voluntad. Quitó su mano de la pequeña espalda y se quedó callado junto a la cuna.

Para sí mismo, evocó de nuevo el recuerdo del paseo en barco. Aún estaba allí, pero el cielo era menos azul, el suave movimiento del barco más lento, el agua del lago más turbia y oscura. Lo retuvo por un momento, tranquilizando su propio nerviosismo por lo ocurrido; luego lo dejó ir y regresó a su cama.

Una vez más, cerca del amanecer, el niño se despertó y lloró. Jonas se acercó a él de nuevo. Entonces colocó su mano deliberadamente y con firmeza en la espalda de Gabriel y dejó que fluyera el resto del apacible día en el lago. Una vez más, Gabriel se durmió.

Pero entonces fue Jonas quien permaneció despierto, pensando. Ya no tenía más que un vestigio del recuerdo, y sintió un pequeño vacío en el lugar que había ocupado. Sabía que podía pedir al Dador otro paseo en bote. Un paseo tal vez en el mar la próxima vez, porque Jonas tenía un recuerdo del océano y sabía lo que era; sabía que también había botes de vela allí, en recuerdos que todavía tenía que adquirir.

Sin embargo, se preguntó si debía confesar al Dador que había dado un recuerdo. Aún no estaba cualificado para ser un Dador, ni Gabriel había sido seleccionado para ser un Receptor.

Le atemorizó el hecho de tener ese poder. Decidió no contarlo.

CAPÍTULO 15

JONAS ENTRÓ EN EL SALÓN del Anexo y se dio cuenta de inmediato de que lo regresaría. El Dador estaba rígido en su sillón, con la cara entre las manos.

—Regresaré mañana, señor —dijo rápidamente. Luego dudó—. A menos que haya algo que pueda hacer para ayudarle.

El Dador alzó la vista, con el rostro contraído por el sufrimiento.

—Por favor —jadeó—, toma parte del dolor.

Jonas lo ayudó a ir hasta la silla que estaba junto a la cama. Luego se quitó rápidamente la túnica y se acostó boca abajo.

—Ponga sus manos sobre mí —le dijo, consciente de

que, ante tanta angustia, el Dador tal vez necesitaría un recordatorio.

Las manos llegaron, y, con ellas y a través de ellas, el dolor. Jonas se preparó y entró en el recuerdo que torturaba al Dador.

Estaba en un lugar lleno de confusión, ruido y mal olor. Era de día, a una hora temprana de la mañana, y el aire estaba lleno de humo amarillo y café, que flotaba sobre el piso. A su alrededor, por todos lados hasta donde alcanza la vista de lo que parecía ser un campo, yacían hombres gimiendo. Un caballo de mirada salvaje, con la rienda rota y colgando, trotaba frenéticamente entre los montones de hombres, sacudiendo su cabeza, y relinchaba presa del pánico. Finalmente tropezó, cayó y no volvió a levantarse.

Jonas escuchó una voz junto a él.

—Agua —dijo la voz en un susurro seco, gutural.

Volteó hacia la voz y miró los ojos entrecerrados de un muchacho que no parecía mucho mayor que él. El polvo cubría su cara y su cabello rubio enredado. Estaba tirado con el uniforme gris resplandeciente por la sangre húmeda y fresca.

Los colores de la carnicería eran grotescamente brillantes: la humedad carmesí sobre la tela burda y llena de polvo; los manojos de hierba arrancados, sorprendentemente verdes, en el pelo amarillo del muchacho.

Miraba a Jonas fijamente.

—Agua —suplicó de nuevo. Cuando habló, un nuevo chorro de sangre empapó la tosca tela del pecho y la manga.

Jonas tenía un brazo inmovilizado por el dolor, y podía ver a través de su propia manga rota algo que parecía carne desgarrada y un hueso astillado. Probó el otro brazo y sintió que se movía. Lentamente lo desplazó a un lado, sintió el contenedor de metal que estaba allí y retiró su tapa, deteniendo el pequeño movimiento de su mano cada tanto para que el dolor remitiera un poco. Finalmente, cuando el contenedor quedó abierto, extendió su brazo poco a poco a través de la tierra empapada de sangre, centímetro a centímetro, y lo sostuvo sobre los labios del muchacho. El agua fluyó por la boca implorante y resbaló hasta su barbilla sucia.

El muchacho suspiró. Su cabeza cayó hacia atrás y la quijada colgó como si lo hubiera sorprendido algo. Una negrura sin tono se deslizó por sus ojos. Enmudeció.

Pero el ruido seguía alrededor: los gritos de los hombres heridos, los gritos que pedían agua, o llamaban a su madre y a la muerte. Los caballos tumbados a tierra daban alaridos, alzaban sus cabezas, y levantaban desordenadamente sus pezuñas hacia el cielo.

A lo lejos, Jonas podía escuchar el estrépito de los cañones. Sobrecogido por el dolor, permaneció tendido en aquel terrible hedor durante horas, oyó morir a los hombres y los animales y aprendió lo que significaba la guerra.

Por último, cuando supo que ya no podía soportarlo más y que preferiría la muerte, abrió los ojos y se encontró una vez más sobre la cama.

El Dador miró hacia otro lado, como si no tuviera fuerzas para ver lo que le había hecho a Jonas.

—Perdóname —dijo.

CAPÍTULO 16

JONAS NO QUERÍA REGRESAR. No quería los recuerdos, no quería el honor, no quería la sabiduría, no quería el dolor. Quería su infancia de nuevo, sus rodillas raspadas y sus juegos de pelota. Se sentó en su casa solo, mirando a través de la ventana, viendo a los niños jugar, a los ciudadanos que regresaban a casa en bicicleta de una jornada laboral sin incidentes, vidas ordinarias libres de angustia porque él había sido seleccionado, al igual que otros antes que él, para llevar la carga en su lugar.

Pero la decisión no le correspondía. Regresaba todos los días al salón del Anexo.

El Dador fue amable con él durante muchos días después de haber compartido el terrible recuerdo de la guerra.

—Hay tantos buenos recuerdos —le recordó el Dador. Y era verdad. Ya entonces Jonas había experimentado incontables retazos de felicidad, cosas que no había conocido con anterioridad.

Había visto una fiesta de cumpleaños, en la que se festejaba a un niño en su día, así que ahora comprendía la alegría de ser un individuo, especial, único y orgulloso.

Había visitado museos y visto cuadros llenos de todos los colores, que ya podía reconocer y nombrar.

En un recuerdo que le provocó éxtasis, había cabalgado sobre un caballo de pelo café brillante por un campo que olía a hierba mojada, y había desmontado junto a un pequeño arroyo donde él y su caballo bebieron agua fría y clara. Ahora comprendía a los animales; en el momento en que el caballo regresó del arroyo y golpeó afectuosamente el hombro de Jonas con su cabeza, percibió los lazos que unen lo animal y lo humano.

Había caminado por bosques y se había sentado junto a una fogata para pasar la noche. Aunque había conocido, por medio de los recuerdos, el dolor de la pérdida y la soledad, había aprendido la alegría de estar solo.

—¿Cuál es su favorito? —preguntó al Dador—. No

tiene que dármelo aún —agregó rápidamente—. Solo hábleme de él, para que lo espere con ilusión, porque tendré que recibirlo cuando haya terminado su trabajo.

El Dador sonrió.

—Acuéstate —dijo—. Será un gusto dártelo.

Jonas sintió alegría en cuanto el recuerdo empezó. En ocasiones tardaba un rato en orientarse, en encontrar su lugar. Pero esta vez encajó de inmediato y sintió la felicidad que impregnaba el recuerdo.

Estaba en una sala llena de gente, y era cálida, gracias al fuego que iluminaba la chimenea. Vio, a través de una ventana, que era de noche y nevaba. Había luces de colores: rojas, verdes y amarillas, parpadeando en un árbol que estaba, extrañamente, dentro del salón. En una mesa, un candelabro pulido, de color dorado, sostenía unas velas encendidas que arrojaban un brillo suave y parpadeante. Podía oler cosas que se cocinaban y escuchar risas suaves. un perro de pelo dorado dormía en el piso.

En el piso también había paquetes envueltos con papel de colores brillantes y atados con listones que destellaban. Mientras Jonas miraba, un niño pequeño empezó a recoger los paquetes y a repartirlos por la sala: a otros niños, a adultos que eran obviamente padres, y a una pareja de mayor edad, un hombre y una mujer, que estaba callada y sonriente en un sofá.

Mientras Jonas miraba, la gente empezó a desatar los listones de los paquetes, a quitar los papeles brillantes, a abrir las cajas y a encontrar juguetes, ropa y libros. Había gritos de alegría. Se abrazaban entre sí. El niño pequeño se sentó en el regazo de la mujer mayor, y ella lo meció, frotando su mejilla contra la de él.

Jonas abrió los ojos y permaneció contento en la cama, disfrutando aún el recuerdo cálido y reconfortante. Todo estaba allí, todas las cosas que había aprendido a apreciar.

—¿Qué percibiste? —preguntó el Dador.

—Calidez —replicó Jonas—, y felicidad. Y... déjeme pensar. *Familia.* Era algún tipo de celebración, una fiesta. Y algo más, pero no pude percibir la palabra para ello.

—Te llegará.

—¿Quiénes eran las personas mayores? ¿Por qué estaban allí?

A Jonas le había sorprendido verlos allí, en la sala. Los Viejos de la comunidad nunca dejaban su lugar especial, la Casa de los Viejos, donde se les cuidaba bien y se les respetaba.

—Se les llamaba abuelos.

—¿Abuelos?

—Abuelos. Significaba padres de los padres, hace mucho tiempo.

—¿Hace muchísimo, muchísimo, muchísimo tiempo? —Jonas empezó a reír—. ¿Así que en realidad podría haber padres de los padres de los padres de los padres?

El Dador también se rio.

—Tienes razón. Es como verte a ti mismo viendo un espejo en que te ves a ti mismo viendo en un espejo.

Jonas frunció el ceño.

—¡Pero mis padres debieron tener padres! Nunca había pensado en eso antes. ¿Quiénes son mis padres-de-los-padres? *¿Dónde* están?

—Puedes buscar en el Oficina de Registros Públicos. Allí encontrarás sus nombres. Pero piensa, hijo mío. Si solicitas hijos, ¿quiénes serían sus padres-de-los-padres? ¿Quiénes serían sus abuelos?

—Mi madre y mi padre, por supuesto.

—¿Y adónde irán?

Jonas pensó.

—Oh —dijo lentamente—. Cuando termine mi entrenamiento y sea un adulto por completo, se me dará mi propia vivienda. Y luego cuando Lily lo sea, unos años después, ella obtendrá *su* propia vivienda, y tal vez un esposo, e hijos si los solicita, y entonces Mamá y Papá.

—Así es.

—Siempre y cuando aún trabajen y contribuyan a la comunidad, irán a vivir con otros Adultos Sin Hijos. Y ya no serán parte de mi vida. Y después de eso, cuando llegue el momento, irán a la Casa de los Viejos —continuó Jonas. Estaba pensando en voz alta—. Y se les cuidará y respetará, y cuando se les libere, habrá una celebración.

—A la que no asistirás —señaló el Dador.

—No, por supuesto que no, porque ni siquiera me enteraré. Para entonces estaré muy ocupado con mi propia vida. Y Lily también. De modo que nuestros hijos, si los tenemos, tampoco sabrán quienes son los padres de sus padres. Parece funcionar muy bien así, ¿verdad? De la manera en que lo hacemos en nuestra comunidad —dijo

Jonas—. Solo que no me había dado cuenta de que había otra manera, hasta que recibí ese recuerdo.

—Funciona —convino el Dador.

Jonas dudó.

—Sin embargo, de verdad me gustó el recuerdo. Comprendo por qué es su favorito. No pude captar el nombre de toda la sensación, esa que era tan fuerte en la sala.

—Amor —le dijo el Dador.

—Amor —repitió Jonas. Eran una palabra y un concepto nuevos para él.

Ambos se quedaron en silencio por un instante.

—Dador —dijo entonces Jonas.

—¿Sí?

—Me siento muy tonto diciendo esto. Muy, muy tonto.

—No es necesario. Nada es tonto aquí. Confía en los recuerdos y en lo que te hacen sentir.

—Bueno —dijo Jonas, mirando el piso—, sé que usted no tiene ya el recuerdo, porque me lo dio, de modo que no comprenderá esto.

—Sí lo entenderé. Me quedo con una vaga noción; y

tengo muchos otros recuerdos de familias, fiestas y felicidad. De amor.

—Estaba pensando que... —Jonas manifestó lo que sentía—, bueno, puedo ver que no era una manera práctica de vivir, con los Viejos allí, en el mismo lugar, donde tal vez no se les cuidaría tan bien como se hace ahora, cuando tenemos una manera más organizada de hacer las cosas. Pero de todos modos, estaba pensando (quiero decir, sintiendo, en realidad) que era algo agradable. Y que desearía que pudiéramos vivir de esa manera, y que usted pudiera ser mi abuelo. La familia del recuerdo me parecía un poco más... —Vaciló, incapaz de encontrar la palabra que quería.

—Un poco más completa —sugirió el Dador.

Jonas asintió.

—Me gustó el sentimiento de amor —confesó. Miró nerviosamente a la bocina de la pared, volviendo a asegurarse de que nadie estaba escuchando—. Ojalá que aún tuviéramos eso —susurró—. Por supuesto —agregó rápidamente—, comprendo que no funcionaría muy bien. Y que es mucho mejor estar organizados de la manera en que lo estamos ahora. Puedo ver que era una manera *peligrosa* de vivir.

—¿Qué quieres decir?

Jonas titubeó. No estaba seguro, en realidad, de lo que había querido decir. Sentía que había *riesgos,* aunque no estaba seguro de cuáles.

—Bueno —dijo al final, buscando una explicación—, tenían *fuego* justo allí, dentro de la sala. Había fuego en la chimenea. Y había velas en una mesa. Entiendo por qué se prohibieron esas cosas. Pero —dijo lentamente, casi para sí mismo—, me gustó la luz que arrojaban. Y el calor.

✳ ✳ ✳

—Papá, Mamá —dijo Jonas, tímidamente, después de la cena—. Quiero hacerles una pregunta.

—¿De qué se trata, Jonas? —preguntó su padre.

Se esforzó para pronunciar las palabras, y se sonrojó avergonzado. Las había ensayado en su mente durante todo el camino de regreso del Anexo.

—¿Me aman?

Hubo un silencio incómodo, por un momento. Luego Papá se rio entre dientes.

—*Jonas.* Precisamente tú, entre todas las personas. ¡Precisión del lenguaje, *por favor!*

—¿Qué quieres decir? —preguntó Jonas. No había previsto en absoluto que aquello sería motivo de diversión.

—Tu padre quiere decir que usaste una palabra muy generalizada, tan vacía de contenido que se ha vuelto casi obsoleta —explicó con cuidado su madre.

Jonas los miró. ¿Vacía de contenido? Nunca antes había sentido que algo estuviera tan lleno de contenido como aquel recuerdo.

—Y, por supuesto, nuestra comunidad no puede funcionar bien si las personas no hablan con precisión. Pudiste preguntar «¿Me disfrutan?». La respuesta es «Sí» —dijo su madre.

—O —sugirió su padre— «¿Se sienten orgullosos de mis logros?». Y la respuesta es «Sí», con toda honestidad.

—¿Comprendes por qué es inapropiado usar una palabra como «amor»? —preguntó Mamá.

Jonas asintió.

—Sí, gracias, lo comprendo —replicó lentamente. Era la primera vez que mentía a sus padres.

✳ ✳ ✳

—¿Gabriel? —susurró Jonas esa noche al niño. La cuna
estaba de nuevo en su cuarto. Después de que Gabe hubiera dormido profundamente en el cuarto de Jonas durante cuatro noches, sus padres habían considerado que
el experimento era un éxito y que Jonas era un héroe. Gabriel estaba creciendo de prisa; ahora gateaba y se reía por
todo el cuarto y se ponía de pie sin ayuda. Podría mejorar
su posición en el Centro de Crianza. Eso dijo Papá, feliz,
mientras Gabriel dormía; se le podría designar un nombre
oficialmente y entregarlo a su familia en diciembre, para lo
que solo faltaban dos meses.

Pero cuando se lo llevaron, dejó de dormir otra vez y
lloraba por la noche.

Así que se le regresó al dormitorio de Jonas. Decidieron que le darían un poco más de tiempo. Como, al
parecer, a Gabe le gustaba estar en el cuarto de Jonas, dor-
miría por las noches allí un poco más de tiempo, hasta que
adquiriera el hábito de dormir profundamente. Los Criadores eran muy optimistas acerca del futuro de Gabriel.

El susurro de Jonas no tuvo respuesta. Gabriel estaba
profundamente dormido.

—Las cosas podrían cambiar, Gabe —continuó

Jonas—. Las cosas podrían ser diferentes. No sé cómo, pero debe haber alguna manera de que las cosas sean diferentes. Podría haber colores. Y abuelos —añadió, mirando fijamente al techo a través de la penumbra—. Y todos tendrían recuerdos. Ya lo sabes, ¿verdad? —susurró, volteando hacia la cuna.

La respiración de Gabriel era regular y profunda. A Jonas le gustaba tenerlo allí, aunque se sentía culpable de tener un secreto. Cada noche le daba recuerdos a Gabriel: de paseos en barco y almuerzos bajo el sol, de la lluvia suave contra los cristales de las ventanas, de bailar descalzo en un césped húmedo.

—¿Gabe?

El niño se movió un poco en su sueño. Jonas se le quedó mirando.

—¡Podría haber amor! —susurró.

* * *

A la mañana siguiente, por primera vez, Jonas no tomó su píldora. Algo en su interior, que había crecido gracias a los recuerdos, le dijo que la tirara.

CAPÍTULO 17

EL DÍA DE HOY SE DECLARA FESTIVO NO PRO-
GRAMADO.» Jonas, sus padres y Lily se miraron sorprendi-
dos y luego voltearon hacia la bocina de la que había surgido el anuncio. Sucedía muy pocas veces, y era un verdadero
regalo para toda la comunidad. Los adultos quedaban exi-
midos del trabajo del día; los niños, de la escuela, del entrenamiento y de las horas como voluntarios. Los Obreros
sustitutos, a quienes se daría un día festivo diferente, se
encargaban de todas las tareas indispensables: criar a los
bebés, distribuir los alimentos y cuidar a los Viejos; y la
comunidad quedaba libre.

Jonas aplaudió y dejó su carpeta con la tarea escolar.
Estaba por salir rumbo a la escuela. Ahora esta le parecía

menos importante, y pronto terminaría su educación escolar formal.

Pero para los Doces, aunque ya hubieran empezado su entrenamiento como adultos, todavía quedaban las interminables listas de reglas que debían memorizar y las más recientes tecnologías que debían dominar.

Deseó a sus padres, su hermana y Gabe que tuvieran un día feliz, y se fue en su bicicleta a buscar a Asher.

No había tomado sus píldoras durante cuatro semanas. La Excitación había regresado, y se sentía un poco culpable y avergonzado por los placenteros sueños que lo invadían mientras dormía. Pero sabía que no podía regresar al mundo sin sentimientos en que había vivido tanto tiempo.

Y sus nuevos sentimientos, exaltados, llenaban un reino mucho más amplio que su simple sueño. Aunque sabía que el hecho de no tomar las píldoras era responsable de parte de ellos, pensaba que sus sentimientos también provenían de los recuerdos. Ahora podía ver todos los colores; y podía *conservarlos* también, de modo que los árboles, la hierba y los arbustos seguían siendo verdes mientras los miraba. Las mejillas sonrosadas de Gabriel seguían conservando su color, aunque durmiera. Y las manzanas siempre, siempre eran rojas.

Gracias a los recuerdos, había visto océanos, lagos y arroyos de montaña que murmuraban en los bosques; y ahora veía el ancho río, familiar, a lo largo del camino, de manera diferente. Veía toda la luz, el color y la historia que contenía y que llevaba en sus aguas lentas; y sabía que había Otro Lugar del que provenía, y Otro Lugar al que iba.

En ese día festivo casual e inesperado se sentía feliz, como siempre pasaba en los días festivos, pero con una felicidad más profunda que nunca. Pensando, como siempre hacía, en la precisión del lenguaje, Jonas se dio cuenta de que estaba experimentando una nueva *profundidad* en sus sentimientos. De alguna manera no eran los mismos sentimientos que cada noche, en cada vivienda, todos los ciudadanos analizaban con su charla interminable.

—Estoy furiosa porque alguien rompió las reglas del área de juegos —había dicho alguna vez Lily, cerrando el puño de su pequeña mano para indicar su furia. Su familia (Jonas entre ellos) había hablado de las posibles razones para el rompimiento de la regla, y la necesidad de tener comprensión y paciencia, hasta que el puño de Lily se había relajado y su furia se había ido.

Pero ahora Jonas se daba cuenta de que Lily no había sentido furia. Todo lo que había sentido era impaciencia superficial y exasperación. Lo sabía con certeza porque ahora conocía la furia. Ahora había experimentado, en los recuerdos, injusticia y crueldad, y había reaccionado con una furia que afloró tan apasionadamente dentro de él que pensar en analizarla con calma en la cena era impensable.

—Me siento triste hoy —había escuchado decir a su madre, y ellos la habían reconfortado.

Pero Jonas había experimentado tristeza real. Había sentido dolor. Sabía que no había un consuelo fácil para emociones como esa.

Estas eran más profundas y no había necesidad de contarlas. *Se sentían.*

Aquel día sentía felicidad.

—¡Asher! —Distinguió la bicicleta de su amigo recargada contra un árbol, a la orilla del campo de juegos.

Cerca, otras bicicletas estaban tiradas en el suelo. En

los días festivos, podían dejarse de lado las reglas de orden habituales.

Derrapó en su bicicleta para detenerse y dejó su propia bicicleta al lado de las demás.

—¡Hey, Ash! —gritó, mirando alrededor. Al parecer, no había nadie en el área de juegos—. ¿Dónde estás?

—¡Fiuuu! —La voz de un niño, que surgía de un arbusto cercano, hizo ese sonido—. ¡Pum! ¡Pum! ¡Pum!

Una niña Once llamada Tanya salió dando traspiés de su escondite. Con dramatismo, se apretó el estómago y avanzó tambaleándose en zigzag, gimiendo.

—¡Me diste! —gritó y cayó al suelo, riéndose.

—¡Bang!

Jonas, de pie al lado del campo de juegos, reconoció la voz de Asher. Vio a su amigo, apuntando con un arma imaginaria en su mano, que iba de detrás de un árbol a otro.

—¡Bang! ¡Estás en mi línea de emboscada, Jonas! ¡Cuidado!

Jonas retrocedió. Se puso detrás de la bicicleta de Asher y se hincó para que no lo vieran. Era un juego que a menudo había compartido con los demás niños, un juego de malos y buenos, un pasatiempo inofensivo que gastaba su energía contenida y terminaba cuando todos yacían en posiciones extravagantes sobre el piso.

Nunca lo había reconocido antes como un juego de guerra.

—¡Al ataque! —El grito provino de detrás del pequeño almacén donde se guardaba el equipo de juego.

Tres niños saltaron al frente, con sus armas imaginarias en posición de disparo.

Desde el otro lado del campo llegó un grito contrario:

—¡Contraataquen!

Una horda de niños (Jonas reconoció a Fiona en el grupo) salió de su escondite, corriendo encogidos, disparando a través del campo. Varios se detuvieron, apretándose hombros y pechos con gestos exagerados y fingiendo que les habían dado. Cayeron al piso y se quedaron acostados conteniendo las risas.

Los sentimientos surgieron en el interior de Jonas. Se encontró a sí mismo caminando en el campo.

—¡Te di, Jonas! —gritó Asher desde detrás del árbol—. ¡Pum! ¡Te di de nuevo!

Jonas se quedó de pie, solo, en el centro del campo. Varios niños levantaron la cabeza y lo miraron inquietos. Los ejércitos atacantes redujeron la velocidad, se levantaron y se quedaron viendo lo que hacía.

En su mente, Jonas vio de nuevo la cara del muchacho que yacía moribundo en el campo y le había suplicado que le diera agua. Tuvo una repentina sensación de ahogo, como si fuera difícil respirar.

Uno de los niños alzó un rifle imaginario e intentó abatirlo con un ruido de disparos: «¡Fiu!». Luego todos se quedaron en silencio, nerviosos, y solo se oía la respiración entrecortada de Jonas. Estaba intentando no llorar.

Poco a poco, cuando nada sucedió y nada cambió, los niños se miraron entre sí con incomodidad y se alejaron. Jonas escuchó cómo recogían sus bicicletas y empezaban a pedalear por el camino que salía del campo.

Solo Asher y Fiona se quedaron.

—¿Qué pasó, Jonas? Solo era un juego —dijo Fiona.

—Lo arruinaste —dijo Asher, con voz irritada.

—No lo vuelvan a jugar —suplicó Jonas.

—Yo soy el que está en entrenamiento para Director Asistente de Recreo —señaló Asher con enojo—. Los juegos no entran dentro de *tu* área de competición.

—Competencia —lo corrigió Jonas automáticamente.

—Como sea. No puedes decidir lo que podemos jugar, aunque *vayas* a ser el nuevo Receptor. —Asher lo miró con cautela—. Me disculpo por no prestarte el respeto que mereces —murmuró.

—Asher —dijo Jonas. Estaba tratando de hablar con cuidado y amabilidad, para decir exactamente lo que quería—. No tienes manera de saberlo. Yo mismo no lo sabía hasta hace poco. Pero es un juego cruel. En el pasado, había...

—Dije que *me disculpo*, Jonas.

Jonas suspiró. No tenía caso. Por supuesto, Asher no podía comprender.

—Acepto tu disculpa, Asher —dijo con cansancio.

—¿Quieres ir a dar un paseo junto al río, Jonas? —preguntó Fiona, mordiéndose el labio con nerviosismo.

Jonas la miró. Era tan adorable. Por un instante fugaz, pensó que nada le gustaría más que pedalear en paz por el camino junto al río, riendo y hablando con su dulce amiga. Pero sabía que esos momentos se habían acabado para siempre. Negó con la cabeza. Después de un momento, sus dos amigos se dieron la vuelta y se acercaron a sus bicicletas. Los miró mientras se alejaban pedaleando.

Jonas caminó fatigosamente hasta la banca que se encontraba junto al Almacén y se sentó, abrumado por un sentimiento de pérdida. Su infancia, sus amigos, su sensación de seguridad despreocupada, todo eso, al parecer, se estaba escurriendo entre sus dedos. Con sus nuevos y exaltados sentimientos, estaba lleno de tristeza por la manera en que los demás reían y gritaban jugando a la guerra. Pero sabía que no podían comprender el porqué sin los recuerdos. ¡Sentía tanto amor por Asher y Fiona! Pero ellos no podían corresponderle sin los recuerdos. Y él no podía dárselos. Jonas sabía con seguridad que nada podía cambiar.

✳ ✳ ✳

De regreso en su vivienda, esa noche, Lily charlaba alegremente sobre el maravilloso día festivo que había tenido, jugando con sus amigos, corriendo al aire libre y (lo confesó) usando por un momento, a escondidas, la bicicleta de su padre.

—Quisiera que ya llegara el mes que viene para tener mi propia bicicleta. La de Papá es demasiado grande para mí. Me caí —explicó, como si nada—. ¡Lo bueno es que Gabe no estaba en el asiento para niños!

—Qué bueno —convino Mamá, frunciendo el ceño ante la idea.

Gabriel agitó sus brazos cuando lo nombraron. Había empezado a caminar apenas una semana antes. Los primeros pasos de un niño siempre eran motivo de celebración en el Centro de Crianza, dijo Papá, pero también indicaban que debía introducirse una varita disciplinaria. Ahora Papá traía el delgado instrumento a casa cada noche, por si Gabriel se portaba mal.

Pero era un niño feliz y tranquilo. Se movía con inestabilidad por la sala, riendo.

—¡Gabi! —balbuceó—. ¡Gabi! —Era la manera en que pronunciaba su propio nombre.

Jonas se animó. Había sido un día deprimente para él, después de un inicio alegre. Pero había hecho a un lado sus ideas sombrías. Pensó en empezar a enseñarle a Lily a andar en bicicleta para que pudiera salir pedaleando orgullosamente después de la Ceremonia del Nueve, que se celebraría pronto. Resultaba difícil creer que ya era casi diciembre otra vez, que ya había pasado casi un año desde que se había vuelto un Doce.

Sonrió mientras miraba al niño colocar un pequeño pie cuidadosamente delante del otro, riendo con alegría ante los pasos que conseguía dar.

—Quiero irme a dormir temprano —dijo Papá—. Mañana tengo mucho trabajo. Los gemelos van a nacer mañana, y los resultados de las pruebas muestran que son idénticos.

—Uno para aquí, uno para Otro Lugar —cantó Lily—. Uno para aquí, uno para Otro.

—¿Lo *llevas tú* a Otro Lugar, Papá? —preguntó Jonas.

—No, yo solo hago la selección. Lo peso, le entrego el más grande a un Criador que está a un lado, esperando, y luego limpio por completo al más pequeño y lo pongo cómodo. Después realizo una pequeña Ceremonia de Liberación y... —Miró hacia abajo, sonriendo a Gabriel—. Le hago adiosito con la mano —dijo, con la voz dulce y especial que usaba cuando le hablaba al niño. Movió la mano con el gesto familiar.

Gabriel se rio y le hizo adiós con la mano, como respuesta.

—¿Y alguien más viene por él? ¿Alguien de Otro Lugar?

—Así es, pequeño Jonas.

Jonas entrecerró los ojos, avergonzado de que su padre le hubiera llamado así.

Lily estaba sumergida en sus pensamientos.

—¿Qué pasaría si le dan al gemelo pequeño un nombre en Otro Lugar, un nombre como, digamos, Jonathan? Y aquí, en nuestra comunidad, al designar su nombre, el gemelo que se queda recibe el de Jonathan, y entonces habría dos niños con el mismo nombre, y tendrían exactamente el mismo *aspecto*, y algún día, tal vez cuando fuera un Seis, un grupo de Seises fuera a visitar otra comunidad en el autobús y allí, en la otra comunidad, en el *otro* grupo de Seises, habría un Jonathan que es exactamente igual que el *otro* Jonathan, y entonces tal vez se mezclarían y el Jonathan incorrecto regresaría a casa, y tal vez sus padres no lo notarían, y entonces... —Hizo una pausa para recuperar el aliento.

—Lily —dijo Mamá—, tengo una maravillosa idea.

¡Tal vez cuando tú te vuelvas una Doce, te den la Asignación de Cuentacuentos! No creo que hayamos tenido un Cuentacuentos en la comunidad desde hace mucho tiempo. Pero si yo estuviera en el Comité, ¡seguro que te elegiría para ese trabajo!

Lily se rio con una mueca.

—Tengo una idea *mejor* para otra historia —anunció—. ¿Qué pasaría si *todos* fuéramos gemelos y no lo supiéramos, y así en Otro Lugar habría otra Lily, otro Jonas, otro Papá, otro Asher, otra Anciana en Jefe y otra...?

Papá se quejó.

—Lily —dijo—, es hora de dormir.

CAPÍTULO 18

Dador —PREGUNTÓ JONAS a la mañana siguiente—. ¿Alguna vez ha pensado en la liberación?

—¿Te refieres a mi propia liberación, o solo al tema general de la liberación?

—Ambas, supongo. Me dis... Quiero decir que debí ser más preciso. Pero no sé exactamente qué quiero decir.

—Vuelve a sentarte. No es necesario que estés acostado mientras hablamos.

Jonas, que ya se había tendido en la cama cuando la pregunta surgió en su mente, se sentó de nuevo.

—Supongo que pienso en ella ocasionalmente —dijo el Dador—. Pienso en mi propia liberación cuando padezco una cantidad horrible de dolor. En ocasiones he deseado hacer una solicitud para que se me libere. Pero no tengo permitido hacerlo hasta que el nuevo Receptor esté entrenado.

—Yo —dijo Jonas, con voz abatida.

No esperaba con impaciencia el final del entrenamiento, cuando se volvería el nuevo Receptor. Le quedaba claro que se trataba de una vida terriblemente difícil y solitaria, a pesar del honor.

—Yo tampoco puedo solicitar mi liberación —señaló Jonas—. Estaba en mis reglas.

El Dador se rio con amargura.

—Lo sé. Ellos endurecieron esas reglas después del fracaso de hace diez años.

Jonas había escuchado una y otra vez referencias a la equivocación anterior. Pero aún no sabía lo que había pasado diez años antes.

—Dador —dijo—, cuénteme lo que pasó. Por favor.

El Dador se encogió de hombros.

—Aparentemente, fue muy simple. Se seleccionó a una futura Receptora, como se hizo contigo. La selección avanzó sin problemas. Se celebró la Ceremonia y la selección se hizo pública. La multitud aplaudió, como sucedió contigo. La nueva Receptora estaba confundida y un poco atemorizada, como tú.

—Sí, mis padres me dijeron que era una niña.

El Dador asintió.

Jonas pensó en su chica favorita, Fiona, y tembló. Él no querría que su amable amiga sufriera, como él, al tomar los recuerdos.

—¿Cómo era ella? —le preguntó al Dador.

El Dador pareció entristecerse al pensar en ello.

—Era una joven notable. Muy segura de sí misma y serena. Inteligente, ansiosa por aprender. —Movió la cabeza y respiró hondo—. ¿Sabes, Jonas?, cuando vino conmigo a este salón, cuando se presentó para empezar su entrenamiento.

—¿Puede decirme su nombre? —lo interrumpió Jonas—. Mis padres dijeron que no se iba a pronunciar de nuevo en la comunidad. ¿Pero podría decírmelo tan solo a mí?

El Dador titubeó penosamente, como si decir el nombre en voz alta le fuera a producir un dolor insoportable.

—Se llamaba Rosemary —dijo finalmente.

—Rosemary. Me gusta ese nombre.

—Cuando se presentó ante mí por primera vez, se sentó allí, en la silla donde tú te sentaste el primer día —continuó el Dador—. Estaba ansiosa, entusiasmada y un poco temerosa. Hablamos. Traté de explicarle las cosas lo mejor que pude.

—Como hizo conmigo.

El Dador sonrió con tristeza.

—Las explicaciones son difíciles. Todo queda más allá de la propia experiencia. Pero lo intenté. Y ella escuchó con atención. Recuerdo que sus ojos eran muy luminosos. —De pronto, levantó la vista—. Jonas, te di un recuerdo que te dije que era mi favorito. Aún me queda un pedazo de él. ¿Recuerdas la sala, con la familia y los abuelos?

Jonas asintió. Por supuesto que lo recordaba.

—Sí —dijo—. Tenía ese maravilloso sentimiento. Me dijo que era amor.

—Puedes comprender, entonces, que eso es lo que sentía por Rosemary —explicó el Dador—. Amor. También lo siento por ti —agregó.

—¿Qué le pasó? —preguntó Jonas.

—Empezó su entrenamiento. Ella recibía bien, como

tú. Tenía mucho entusiasmo. Disfrutaba mucho las cosas nuevas. Recuerdo su risa.

Su voz vaciló y se apagó.

—¿Qué sucedió? —preguntó de nuevo Jonas, después de un momento—. Por favor, cuénteme.

El Dador cerró los ojos.

—Me rompía el corazón, Jonas, transferirle dolor a ella. Pero era mi trabajo. Era lo que tenía que hacer, como tengo que hacerlo contigo.

El salón estaba en silencio. Jonas esperaba. Finalmente el Dador continuó.

—Cinco semanas. Eso fue todo. Le di recuerdos felices: un viaje en carrusel, un gatito para jugar, un almuerzo en el campo. En ocasiones escogía uno porque sabía que la haría reír, y atesoraba el sonido de su risa en este salón que siempre había sido tan silencioso. Pero ella era como tú, Jonas. Quería experimentarlo todo. Ella sabía que era su responsabilidad. Y entonces me pidió recuerdos más difíciles.

Jonas contuvo la respiración por un momento.

—No le dio la *guerra*, ¿verdad? No, después de solo diez semanas.

El Dador negó con la cabeza.

—No. Y no le di dolor físico. Pero le di soledad. Y le di pérdida. Le transferí un recuerdo de un niño que era arrebatado a sus padres. Ese fue el primero. Ella parecía conmocionada al final.

Jonas tragó saliva. Rosemary y su risa habían empezado a parecerle reales, y la imaginó levantando la vista desde la cama de los recuerdos, conmocionada.

El Dador continuó su relato.

—Rectifiqué, le di otras pequeñas delicias. Pero todo cambió una vez que conoció el dolor. Lo podía ver en sus ojos.

—¿Ella no era muy valiente? —sugirió Jonas.

El Dador no respondió.

—Insistió en que continuara, en que no me preocupara por ella. Dijo que era su deber. Y yo sabía, por supuesto, que tenía razón.

—No me animaba a infligirle dolor físico. Pero le di angustia de muchos tipos. Pobreza, hambre y terror. *Tenía* que hacerlo, Jonas. Era mi trabajo y ella había sido elegida. —El Dador lo miró implorante.

Jonas le acarició una mano.

—Hasta que llegó esa tarde. Habíamos terminado de trabajar. Fue una sesión difícil. Traté de transferirle al final (como hago contigo) algo feliz y alegre. Pero para entonces las ocasiones para la risa ya habían pasado. Ella se levantó en silencio, frunciendo el ceño, como si estuviera tomando una decisión. Luego se acercó a mí, me abrazó. Me besó en la mejilla.

Mientras Jonas miraba, el Dador acarició su propia mejilla, recordando el toque de los labios de Rosemary diez años antes.

—Ella se fue ese día, dejó este cuarto y ya no regresó a su vivienda. El Locutor me notificó que ella había ido directamente con la Anciana en Jefe y había pedido la liberación.

—¡Pero es contra las reglas! El Receptor en entrenamiento no puede solicitar su libe...

—Está en tus reglas, Jonas. Pero no estaba en las suyas. Ella pidió su liberación y se la tuvieron que conceder. Nunca la volví a ver.

Así que ese fue el fracaso, pensó Jonas. Era obvio que había sido una gran tristeza para el Dador. Pero no parecía algo tan terrible, después de todo. Y él, Jonas, nunca lo habría hecho (nunca solicitaría la liberación, sin importar lo difícil que se volviera su entrenamiento). El Dador necesitaba un sucesor, y se le había elegido a él.

Se le ocurrió una idea a Jonas. A Rosemary se la liberó en una etapa muy temprana de su entrenamiento. ¿Qué pasaría si algo le pasaba a él, a Jonas? Ahora tenía un año completo de recuerdos.

—Dador —dijo—, yo no puedo solicitar la liberación, lo sé. Pero ¿y si me sucede algo, como un accidente? ¿Qué pasaría si me caigo al río, como aquel pequeño Cuatro, Caleb? Bueno, eso no tiene sentido porque soy buen nadador. Pero ¿qué pasaría si no supiera nadar, me cayera al río y me perdiera? Entonces no habría un nuevo Receptor, pero usted ya me habría dado una cantidad enorme de recuerdos importantes, de modo que aunque seleccionen a un nuevo Receptor, los recuerdos se habrían ido, con excepción de los fragmentos que aún conserva usted. ¿Y qué pasaría si...? —De pronto empezó a reír—. Parezco mi hermana, Lily —dijo, riéndose de sí mismo.

El Dador lo miró con seriedad.

—Simplemente mantente lejos del río, amigo mío —dijo—. La comunidad perdió a Rosemary después de cinco semanas y fue un desastre para ellos. No sé *qué* haría la comunidad si te perdiera a ti.

—¿Por qué fue un desastre?

—Creo que mencioné una vez que cuando se fue —le dijo el Dador—. Los recuerdos regresaron a la gente. Si te perdieras en el río, Jonas, tus recuerdos no se perderían contigo. Los recuerdos son *para siempre*. Rosemary solo tenía los de aquellas cinco semanas, y casi todos eran buenos recuerdos. Pero los pocos recuerdos terribles la habían sobrecargado. Por un tiempo abrumaron a la comunidad. ¡Todos esos *sentimientos*! Nunca habían experimentado algo así antes. Estaba tan devastado por el dolor de mi propia pérdida y mis propios sentimientos de fracaso, que ni siquiera traté de ayudarlos. Yo también estaba furioso.

El Dador guardó silencio por un momento. Obviamente estaba pensando.

—¿Sabes? —dijo finalmente—, si te pierden *a ti*, con todo el entrenamiento que tienes ahora, todos esos recuerdos volverán a ellos.

Jonas hizo una mueca.

—Lo odiarían.

—Seguro que sí. No sabrían cómo lidiar con todo eso.

—La única manera en que *yo* lidio con eso es teniéndolo a usted para que me ayude —señaló Jonas con un suspiro.

El Dador asintió.

—Supongo —dijo lentamente— que yo podría...

—¿Usted podría qué?

El Dador seguía pensando a fondo.

—Si te hundieras en el río —dijo, después de un instante—, supongo que podría ayudar a toda la comunidad de la manera en que te he ayudado a ti. Es un concepto interesante. Necesito pensar en él un poco más. Tal vez volvamos a hablar de esto en otro momento. Por ahora no. Me da gusto que seas un buen nadador, Jonas. Pero mantente lejos del río.

Se rio un poco, pero la risa no era alegre. Sus pensamientos parecían estar en otra parte, y sus ojos estaban muy melancólicos.

CAPÍTULO 19

JONAS MIRÓ EL RELOJ. Siempre había tanto trabajo que hacer que él y el Dador apenas se sentaban y hablaban de la manera en que lo habían hecho.

—Siento que se haya desperdiciado tanto tiempo con mis preguntas —dijo Jonas—. Solo estaba preguntando por la liberación porque mi padre va a expulsar a un niño hoy. Un gemelo. Tiene que seleccionar a uno y liberar al otro. Lo hacen por el peso. —Jonas volvió a mirar el reloj—. En realidad, creo que ya habrá terminado. Creo que fue esta mañana.

La cara del Dador tomó un aspecto solemne.

—No deberían hacer eso —dijo en voz baja, casi para sí mismo.

—Bueno, bueno, ¡no pueden tener dos personas idénticas por ahí! ¡Piense en lo confuso que sería! —se rio Jonas—.

Desearía tener la oportunidad de verlo —añadió, como una reflexión adicional. Le gustaba la idea de ver cómo su padre realizaba la ceremonia, limpiaba al pequeño gemelo y lo ponía cómodo. ¡Su padre era tan bondadoso!

—Puedes verla —dijo el Dador.

—No —replicó Jonas—. Nunca dejan que los niños asistan. Es muy privada.

—Jonas —le dijo—, sé que leíste tus instrucciones de entrenamiento muy cuidadosamente. ¿No recuerdas que tienes permitido preguntar o pedir cualquier cosa a cualquier persona?

Jonas asintió.

—Sí, pero...

—Jonas, cuando tú y yo hayamos terminado nuestro trabajo, serás el nuevo Receptor. Puedes leer los libros; tendrás los recuerdos. Tienes acceso a *todo*. Es parte de tu entrenamiento. Si quieres ver una liberación, simplemente tienes que preguntar o pedirlo.

Jonas se encogió de hombros.

—Bueno, tal vez lo haré en otra ocasión. Pero es demasiado tarde para esta. Estoy seguro de que fue esta mañana.

El Dador le dijo entonces algo que no sabía.

—Todas las ceremonias privadas se graban. Están en la Oficina de Registros Reservados. *¿Quieres ver la liberación de esta mañana?*

Jonas titubeó. Tenía miedo de que a su padre no le gustara que él viera algo tan privado.

—Creo que deberías hacerlo —le dijo el Dador con firmeza.

—Está bien, entonces —dijo Jonas—. Dígame cómo.

El Dador se levantó de su silla, se acercó a la bocina en la pared y llevó el interruptor de la posición APAGADO a ENCENDIDO.

La voz habló de inmediato.

—Sí, Receptor. ¿Cómo podría ayudarlo?

—Me gustaría ver la liberación del gemelo de esta mañana.

—Un momento, Receptor. Gracias por sus instrucciones.

Jonas observó la pantalla de video que estaba sobre la fila de interruptores. Su superficie vacía empezó a parpadear con líneas en zigzag; luego aparecieron algunos números, seguidos por la fecha y hora. Estaba asombrado y deleitado de que aquello estuviera disponible para él, y sorprendido de que no lo hubiera sabido.

De pronto, vio un pequeño cuarto sin ventanas, vacío excepto por una cama, una mesa con algo de equipo (Jonas reconoció una báscula; las había visto antes, cuando estuvo haciendo horas como voluntario en el Centro de Crianza) y una alacena. Vio una alfombra pálida en el piso.

—Es solo un cuarto normal —comentó—. Pensé que tal vez se haría en el Auditorio, para que todos asistieran. Todos los Viejos van a las Ceremonias de Liberación. Pero supongo que como es solo un recién nacido, no.

—Shhh —dijo el Dador, con los ojos fijos en la pantalla.

El padre de Jonas, portando su uniforme de Criador, entró en el salón, acunando en sus brazos a un pequeño niño envuelto en una suave cobija. Una mujer uniformada cruzó la puerta tras él, cargando a un segundo niño envuelto en una cobija similar.

—Ese es mi padre —susurró Jonas, como si pudiera

despertar a los pequeños si hablaba en voz alta—. Y la otra Criadora es su asistente. Aún está en entrenamiento, pero lo terminará pronto.

Los dos Criadores quitaron las cobijas y colocaron a los recién nacidos idénticos sobre la cama. Estaban desnudos. Jonas se dio cuenta de que eran varones.

Miró, fascinado, mientras su padre levantaba suavemente a uno y luego al otro para colocarlos sobre la báscula y pesarlos.

Escuchó que su padre reía.

—Bien —dijo su padre a la mujer—. Pensé por un momento que ambos podrían ser exactamente iguales. *Entonces* tendríamos un problema. Pero este —entregó uno a su asistente, después de volver a cubrirlo— pesa dos kilos ochocientos gramos. Así que puedes limpiarlo, vestirlo y llevarlo al Centro.

La mujer tomó al niño y se fue por la puerta por la que había entrado.

Jonas miró que su padre se inclinaba sobre el otro niño, que se retorcía sobre la cama.

—Y tú, pequeño, solo pesas dos kilos setecientos gramos. ¡Eres un *camarón*!

—Esa es la voz especial con la que habla a Gabriel —comentó Jonas, sonriendo.

—Observa —dijo el Dador.

—Ahora lo va a limpiar y a ponerlo cómodo —le dijo Jonas—. El me lo contó.

—Quédate callado, Jonas —ordenó el Dador, con una voz extraña—. *Mira.*

Obedientemente, Jonas se concentró en la pantalla, esperando a que pasara algo a continuación. Sentía una curiosidad especial por esa parte de la ceremonia.

Su padre se dio vuelta y abrió la alacena. Tomó una jeringa y un frasquito. Con mucho cuidado, insertó la aguja en el frasco y empezó a llenar la jeringa con un líquido claro.

Jonas hizo un gesto de empatía. Había olvidado que los niños recibían inyecciones. Él mismo odiaba las inyecciones, aunque sabía que eran necesarias.

Para su sorpresa, su padre empezó con mucho cuidado a dirigir la aguja hacia la parte superior de la frente del niño, haciendo una punción en un lugar en que la frágil piel palpitaba. El recién nacido se movió y gimió débilmente.

—¿Por qué...?

—Shhh —dijo abruptamente el Dador.

Su padre estaba hablando, y Jonas se dio cuenta de que daba respuesta a la pregunta que empezó a plantear.

—Lo sé, lo sé —decía su padre, todavía con su voz especial—. Duele, pequeño. Pero tengo que usar una vena y las venas de tus brazos todavía son demasiado pequeñas y frágiles.

Empujó el tambor de la jeringa con mucha lentitud, inyectando el líquido en la vena de la cabeza hasta que la jeringa quedó vacía.

—Ya se acabó. No estuvo tan mal, ¿verdad? —escuchó Jonas que decía su padre alegremente. Se apartó y dejó caer la jeringa en un bote de basura.

«*Ahora* lo limpiará y lo pondrá cómodo», dijo Jonas para sí mismo, consciente de que el Dador no quería hablar durante la breve ceremonia.

Mientras seguía mirando, el niño, que ya no lloraba, movió los brazos y las piernas con un gesto espasmódico. Luego empezó a ponerse rígido. Su cabeza cayó a un lado, con los ojos entreabiertos. Y se quedó quieto.

Con un sentimiento extraño, conmocionado, Jonas reconoció los gestos, la postura y la expresión. Le eran familiares. Los había visto antes. Pero no podía recordar dónde.

Jonas miró a la pantalla, esperando que algo sucediera. Pero no pasó nada. El pequeño gemelo seguía inmóvil. Su padre estaba apartando las cosas. Doblando la cobija. Cerrando la alacena.

Una vez más, como había pasado en el campo de juegos, sintió una sensación de asfixia. Una vez más vio la cara del soldado de cabello claro, sangrante, mientras la vida abandonaba sus ojos. El recuerdo le regresó.

«¡Lo mató! ¡Mi padre lo mató!», se dijo Jonas, asombrado de lo que acababa de reconocer. Siguió mirando la pantalla como en un sueño.

Su padre ordenó el cuarto. Luego recogió una pequeña caja de cartón que se encontraba en el piso, la colocó en la cama, levantó el cuerpo rígido y lo depositó en ella. Colocó la tapa con cuidado.

Levantó la caja y la llevó al otro lado del cuarto. Abrió una pequeña puerta en la pared; Jonas pudo ver la oscuridad que había al otro lado de la puerta. Parecía el mismo tipo de conducto que había en la escuela para depositar la basura.

Su padre colocó la caja que contenía el cuerpo en el conducto y le dio un empujón.

—Adiosito, pequeño —escuchó que decía su padre antes de dejar el cuarto. Luego la pantalla quedó en blanco.

El Dador volteó hacia él.

—Cuando el Locutor me notificó que Rosemary había solicitado su liberación —relató con gran calma—, pusieron la grabación para mostrarme el proceso. Allí estaba (mi última mirada a esa niña hermosa) esperando. Trajeron la jeringa y le pidieron que se levantara la manga. ¿Sugeriste, Jonas, que tal vez no era lo bastante valiente? Yo no sé de valentía; ni qué es, ni qué significa. Solo sé que me senté aquí, paralizado por el horror. Lastimado por la impotencia. Y escuché cómo Rosemary les decía que prefería inyectarse ella misma. Y lo hizo. No miré. Aparté la vista.

El Dador se volvió hacia él.

—Bueno, ahí lo tienes, Jonas. Estabas preguntando por la liberación —dijo en tono amargo.

Jonas sintió una sensación de desgarro en su interior, un dolor terrible que se abría paso a arañazos para estallar en un grito.

CAPÍTULO 20

NO! ¡NO VOY A REGRESAR A CASA! ¡No me puede obligar! —sollozó Jonas; gritó y golpeó la cama con sus puños.

—Siéntate, Jonas —le dijo con firmeza el Dador.

Jonas lo obedeció. Sollozando, temblando, se sentó en la orilla de la cama. No miró al Dador.

—Puedes quedarte aquí esta noche. Quiero hablar contigo. Pero debes callarte ahora, mientras se lo notifico a tu unidad familiar. Nadie debe escuchar que lloras.

Jonas levantó la vista, con cara de espanto.

—¡Tampoco nadie escuchó llorar al pequeño gemelo! ¡Nadie, excepto mi padre! —Volvió a sollozar.

El Dador esperó en silencio. Por último Jonas pudo

tranquilizarse y se sentó en cuclillas, con los hombros temblándole.

El Dador se acercó a la bocina de la pared y llevó el interruptor a la posición de ENCENDIDO.

—Sí, Receptor. ¿Cómo podría ayudarlo?

—Notifique a la unidad familiar del nuevo Receptor que se quedará conmigo esta noche para entrenamiento adicional.

—Me encargaré de eso, señor. Gracias por sus instrucciones —dijo la voz.

—Me encargaré de eso, señor. Me encargaré de eso, señor —imitó Jonas, con una voz cruel, sarcástica—. Haré lo que guste, señor. Mataré gente, señor. ¿Viejos? ¿Pequeños recién nacidos? Estaré feliz de matarlos, señor. Gracias por sus instrucciones, señor. Cómo podría ayu... —Al parecer, no podía detenerse.

El Dador lo tomó por los hombros con firmeza. Jonas se quedó callado y lo miró.

—Escúchame, Jonas. Ellos no pueden evitarlo. *No saben nada.*

—Ya me dijo eso una vez.

—Lo dije porque es verdad. Así viven. Es la vida que

fue creada para ellos. Es la misma vida que tendrías si no se te hubiera elegido como mi sucesor.

—¡Pero *me mintió!* —lloró Jonas.

—Es lo que se le dijo que hiciera, y no sabe nada más.

—¿Y usted? ¿*Usted* también me miente? —Jonas casi le escupió la pregunta.

—Yo tengo el poder de mentir. Pero nunca te he mentido.

Jonas se le quedó mirando.

—¿La liberación siempre es así? ¿Para las personas que rompen la ley tres veces? ¿Para los *Viejos*? ¿También matan a los Viejos?

—Sí, así es.

—¿Y qué pasa con Fiona? ¡Ella ama a los Viejos! Ella está en entrenamiento para cuidarlos. ¿Ya lo sabe? ¿Qué hará cuando se entere? ¿Cómo se sentirá? —Jonas se limpió la humedad de la cara con el dorso de la mano.

—A Fiona ya se le está entrenando en el fino arte de la liberación —le dijo el Dador—. Ella es muy eficaz en su trabajo, tu amiga pelirroja. Los sentimientos no son parte de la vida que está aprendiendo.

Jonas se rodeó con sus brazos y se balanceó.

—¿Qué puedo hacer? ¡No puedo regresar! ¡No puedo!

El Dador se puso de pie.

—Primero, voy a ordenar nuestra cena. Luego comeremos.

Jonas, sin darse cuenta, empleó un tono sarcástico y grosero de nuevo.

—¿Y luego compartiremos nuestros sentimientos?

El Dador le lanzó una sonrisa dolida, angustiada, vacía.

—Jonas, tú y yo somos los únicos que *tienen* sentimientos. Ahora los hemos compartido durante casi un año.

—Lo siento, Dador —dijo Jonas sintiéndose mal—. No quería ser tan odioso. No con usted.

El Dador frotó los hombros encogidos de Jonas.

—Y después de comer —continuó—, elaboraremos un plan.

Jonas levantó la vista, confundido.

—¿Un plan para qué? No hay nada. No hay nada que podamos hacer. Siempre ha sido así. Antes de mí, antes de usted, antes de los que vivieron antes que usted. Hace muchísimo, muchísimo, muchísimo tiempo. —Su voz arrastró la frase familiar.

—Jonas —dijo el Dador, después de un momento—, es verdad que ha sido de esta manera por un período que parece eterno. Pero los recuerdos nos dicen que no *siempre* ha sido así. Alguna vez las personas sintieron. Tú y yo hemos sido parte de eso, como sabemos. Sabemos que alguna vez sintieron cosas como orgullo, pesar y...

—Y amor —agregó Jonas, recordando la escena de la familia que lo había afectado tanto—. Y dolor —dijo, pensando una vez más en el soldado.

—Lo peor de conservar los recuerdos no es el dolor. Es la soledad del dolor. Los recuerdos deben compartirse.

—He empezado a compartirlos con usted —dijo Jonas, tratando de animarse.

—Es cierto. Y tenerte aquí durante este año me ha hecho darme cuenta de que las cosas deben cambiar. Durante años he sentido que debían cambiar, pero parecía imposible. Ahora, por primera vez, creo que puede haber una manera —dijo lentamente el Dador—. Y tú hiciste que lo notara, apenas... —miró el reloj—, hace dos horas.

Jonas lo miró, y escuchó.

✳ ✳ ✳

Ya era noche cerrada. Habían hablado y hablado. Jonas se sentó envuelto en una bata que pertenecía al Dador, la larga bata que solo los Ancianos vestían.

Lo que habían planeado era posible. Apenas posible. Si fallaba, era muy probable que lo mataran.

¿Pero qué importaba? Si seguía así, no valía la pena seguir viviendo.

—Sí —le dijo al Dador—. Lo haré. Creo que puedo hacerlo. De todos modos, lo intentaré. Pero quiero que venga conmigo.

El Dador negó con la cabeza.

—Jonas —dijo—, la comunidad ha dependido, todas estas generaciones, desde hace muchísimo, muchísimo, muchísimo tiempo, de un Receptor residente para que conserve sus recuerdos por ellos. Te he entregado muchos en el año que ha pasado. Y no puedo recuperarlos. No hay manera de traerlos de regreso si los he dado. Así que si tú escapas, una vez que te hayas ido... y, Jonas, sabes que nunca podrás regresar.

Jonas asintió solemnemente. Era la parte aterradora.

—Sí —dijo—. Lo sé. Pero si viene conmigo...

El Dador negó con la cabeza e hizo un gesto para que guardara silencio.

—Si te vas —continuó—, si llegas más allá, a Otro Lugar, significará que la comunidad tendrá que llevar la carga de los recuerdos que has conservado por ellos. Creo que pueden, y que adquirirán alguna sabiduría. Pero será desesperadamente difícil para ellos. Cuando perdimos a Rosemary hace diez años, y sus recuerdos regresaron a la gente, sintieron pánico. Y esos eran muy pocos recuerdos en comparación con los tuyos. Cuando tus recuerdos regresen, necesitarán ayuda. ¿Recuerdas cómo te ayudé al principio, cuando la recepción de recuerdos era nueva para ti?

Jonas asintió.

—Fue atemorizante al principio. Y dolió mucho.

—Me necesitabas entonces. Y ahora ellos me necesitarán.

—No tiene caso. Encontrarán a alguien que tome mi lugar. Elegirán a un nuevo Receptor.

—No hay nadie preparado para el entrenamiento; no lo hay en este momento. Oh, acelerarán la selección, por supuesto. Pero no puedo pensar en otro niño que tenga las cualidades adecuadas.

—Hay una niña con ojos pálidos. Pero solo es una Seis.

—Tienes razón. Sé a quién te refieres. Se llama Katharine. Pero es demasiado pequeña. Así que ellos se verán *forzados* a cargar con esos recuerdos.

—Quiero que venga, Dador —suplicó Jonas.

—No. Tengo que quedarme aquí —dijo firmemente el Dador—. Me gustaría, Jonas. Si me voy contigo, y entre los dos nos llevamos *toda* su protección frente a los recuerdos, Jonas, la comunidad se quedará sin nadie que la ayude. Se lanzará al caos. Se destruirá a sí misma. No puedo ir.

—Dador —sugirió Jonas—, no tenemos por qué pensar en los demás.

El Dador le lanzó una mirada interrogante. Jonas agachó su cabeza. Por supuesto que necesitaban que se les cuidara. Era el sentido de todo.

—Y en mi caso, Jonas —suspiró el Dador—, no podría. Estoy muy debilitado. ¿Sabes que ya no veo colores?

A Jonas se le rompió el corazón. Tomó la mano del Dador.

—Tú tienes los colores —le dijo el Dador—. Y la valentía. Te ayudaré para que tengas la fuerza.

—Hace un año —le recordó Jonas—, cuando acababa de volverme un Doce, cuando empecé a ver el primer color, me dijo que al principio había sido diferente para usted. Pero que no lo comprendería.

Al Dador se le iluminó la cara.

—Eso es cierto. ¿Y sabes, Jonas, que con todos los conocimientos que tienes ahora, con todos tus recuerdos, con todo lo que has aprendido, *aún* no lo comprenderías? Porque he sido un poco egoísta. No te he dado nada de eso. Quiero conservarlo conmigo hasta el final.

—¿Conservar qué?

—Cuándo apenas era un niño, más pequeño que tú, empezó a llegarme. Pero yo no veía más allá, fue diferente. Yo *escuchaba* más allá.

Jonas frunció el ceño, tratando de imaginarlo.

—¿Qué oía? —preguntó.

—Música —dijo el Dador, sonriendo—. Empecé a escuchar algo verdaderamente notable, que se llamaba música. Te daré algo antes de que te vayas.

Jonas negó con la cabeza enfáticamente.

—No, Dador —dijo—. Quiero que lo conserve, que lo tenga con usted cuando me haya ido.

* * *

Jonas regresó a casa la mañana siguiente, saludó alegremente a sus padres y mintió con facilidad acerca de lo atareada y placentera que había sido la noche.

Su padre sonrió y mintió fácilmente también acerca del atareado y placentero día anterior.

En todo el día escolar, mientras escuchaba sus lecciones, Jonas recorrió el plan mentalmente. Parecía sorprendentemente simple. Jonas y el Dador lo habían repasado una y otra vez por la noche.

Durante las dos semanas siguientes, mientras se acercaba el momento de la Ceremonia de diciembre, el Dador transferiría a Jonas todos los recuerdos de valor y fuerza que pudiera. Los necesitaría para encontrar el Otro Lugar que ambos estaban seguros de que existía. Sabían que sería un viaje difícil.

Luego, en medio de la noche anterior a la Ceremonia, Jonas abandonaría en secreto su vivienda. Tal vez era la parte más peligrosa, porque representaba una transgresión grave que un ciudadano saliera de casa por la noche a menos que estuviera en misión oficial.

—Me iré a medianoche —dijo Jonas—. Los Recolectores de Alimentos habrán terminado para entonces de recoger los restos de la comida de la noche, y las Brigadas de Mantenimiento Viario no empiezan su trabajo tan temprano. De modo que no habrá nadie que me vea, a menos, por supuesto, que alguien tenga una misión urgente.

—No sé lo que debes hacer si te ven, Jonas —dijo el Dador—. Tengo recuerdos, por supuesto, de todo tipo de escapatorias. Gente huyendo de cosas terribles a través de toda la historia. Pero cada situación es particular. No hay un recuerdo de algo así.

—Tendré cuidado —dijo Jonas—. Nadie me verá.

—Como Receptor en entrenamiento, ya gozas de mucho respeto. Así que creo que no te interrogarán con mucho detenimiento.

—Solo diré que tengo un encargo importante para el Receptor. Diré que es culpa de usted que esté fuera a esas horas —bromeó Jonas.

Los dos se rieron un poco nerviosos. Pero Jonas estaba seguro de que podría escabullirse de su casa sin ser visto, llevando un juego extra de ropa. En silencio, llevaría su bicicleta a la orilla del río y la dejaría allí, escondida entre los arbustos, con la ropa doblada junto a ella.

Luego se abriría paso en la oscuridad, a pie, en silencio, hasta el Anexo.

—No hay asistente nocturna —explicó el Dador—. Dejaré la puerta sin cerrojo. Simplemente te deslizarás dentro del salón. Te estaré esperando.

Sus padres descubrirían, al despertar, que se había ido. Encontrarían una alegre nota de Jonas en su cama, diciendo que salió por la mañana temprano a pasear por el río; más tarde regresaría para ir a la Ceremonia.

Sus padres estarían irritados, pero no alarmados. Lo creerían desconsiderado y planearían castigarlo más tarde.

Lo esperarían con enojo creciente; finalmente, no tendrían más remedio que irse, llevándose a Lily para la Ceremonia.

—Sin embargo, no dirán nada a nadie —dijo Jonas, con seguridad—. No llamarán la atención sobre mi descortesía, porque los dejaría en mal lugar como padres. Y, de cualquier modo, todos estarán tan interesados en la Ceremonia que tal vez no se darán cuenta de que no estoy allí.

Ahora que soy un Doce y me encuentro en entrenamiento, ya no tengo que sentarme con el grupo de mi edad. Así que Asher pensará que estoy con mis padres, o con usted.

—Y tus padres supondrán que estás con Asher o conmigo.

Jonas se encogió de hombros.

—Tardarán un tiempo en darse cuenta de que no estoy.

—Y tú y yo ya iremos en camino para entonces.

A horas tempranas de la mañana, el Dador ordenaría un vehículo y un chofer por la bocina. El visitaba con frecuencia otras comunidades, para reunirse con los Ancianos; sus responsabilidades abarcaban todas las áreas circundantes. Así que nadie lo consideraría inusual.

Por lo general, el Dador no asistía a la Ceremonia de diciembre. El último año había estado presente porque iba a anunciarse la selección de Jonas, en la que había participado. Pero su vida solía estar muy apartada de la vida de la comunidad. Nadie comentaría su ausencia. O el hecho de que hubiera elegido ese día para salir.

Cuando el chofer y el vehículo llegaran, el Dador enviaría al conductor a alguna pequeña tarea. Durante su ausencia, ayudaría a Jonas a ocultarse en la cajuela del vehículo. Llevaría con él un paquete de comida, que el Dador apartaría de sus propios alimentos durante las dos semanas siguientes.

La Ceremonia empezaría, con toda la comunidad presente, y para entonces Jonas y el Dador irían en camino.

Hacia mediodía, la ausencia de Jonas se habría vuelto evidente y sería motivo de preocupación. No se alteraría la Ceremonia (una interrupción sería impensable). Pero de inmediato se enviarían personas a buscarlo en la comunidad.

Para cuando encontraran su bicicleta y su ropa, el Dador ya iría de regreso. Jonas, entonces, estaría solo, camino a Otro Lugar.

El Dador, a su regreso, encontraría a la comunidad en estado de confusión y pánico. Confrontados con una situación nueva para ellos y sin recuerdos para obtener consuelo o sabiduría, no sabrían qué hacer y buscarían su consejo.

El Dador iría al Auditorio, donde la gente aún estaría reunida. Subiría al escenario y les pediría su atención.

Haría el anuncio solemne de que Jonas se había perdido en el río. De inmediato empezaría la Ceremonia de la Pérdida.

«Jonas, Jonas», dirían en voz alta, como aquella vez habían dicho el nombre de Caleb. El Dador guiaría el canto. Juntos dejarían que la presencia de Jonas en sus vidas se apagara al pronunciar su nombre al unísono cada vez más despacio y más suave, hasta que desaparecería en ellos, hasta que ya no sería más que un murmullo ocasional y entonces, al final del largo día, se iría para siempre, y no se mencionaría de nuevo.

Su atención se centraría en la abrumadora tarea de cargar por sí mismos con los recuerdos. El Dador los ayudaría.

* * *

—Sí, comprendo que lo necesitarán —había dicho Jonas al final de las muchas horas de conversación y planeación—. Pero yo también lo necesitaré. Por favor, venga conmigo. —Pero ya conocía la respuesta mientras hacía una súplica final.

—Mi trabajo habrá terminado —había respondido con gentileza el Dador— cuando haya ayudado a la comunidad a cambiar y volverse un todo. Te lo agradezco, Jonas, porque sin ti nunca habría ideado una manera de traer el cambio. Pero tu papel consiste en escapar. Y el mío en quedarme.

—¿Pero no *quiere* estar conmigo, Dador? —preguntó Jonas con tristeza. El Dador lo abrazó—. Te amo, Jonas —dijo—. Pero tengo otro lugar adonde ir. Cuando mi trabajo aquí haya terminado, quiero estar con mi hija.

Jonas había estado mirando con abatimiento el piso. En ese momento levantó la vista, sorprendido.

—¡No sabía que tuviera una hija, Dador! Me dijo que había tenido una esposa. Pero nunca supe de su hija.

El Dador sonrió y asintió. Por primera vez en sus largos meses juntos, Jonas lo vio sonreír con felicidad.

—Se llamaba Rosemary —dijo el Dador.

CAPÍTULO 21

IBA A SALIR BIEN. Ellos podían lograr que todo saliera bien, se dijo Jonas una y otra vez durante todo el día.

Pero esa noche todo cambió. Todo. Todas las cosas que habían planeado tan meticulosamente se vinieron abajo.

✳ ✳ ✳

Esa noche, Jonas se vio obligado a huir. Dejó la vivienda poco después de que el cielo se oscureció y la comunidad quedó en silencio. Era terriblemente peligroso porque algunas de las brigadas de trabajo aún estaban en la calle, pero él avanzó a hurtadillas y en silencio, siempre en las sombras, abriéndose paso entre las viviendas sin luz y en la

Plaza Central vacía, hacia el río. Más allá de la Plaza vio la Casa de los Viejos, con el Anexo detrás de ella, recortándose contra el cielo nocturno. Pero no podía detenerse. No había tiempo. Ahora cada minuto contaba, y cada minuto debía alejarle más de la comunidad.

Ya estaba en el puente, encorvado sobre la bicicleta, pedaleando sin descanso. Abajo, podía ver el agua oscura, agitada.

Sorprendentemente, no sentía miedo ni culpa por dejar atrás la comunidad. En cambio, sentía una profunda tristeza por dejar atrás a su amigo más cercano. Sabía que en su peligrosa huida debía ser absolutamente silencioso; pero con su corazón y su mente regresó y esperó que, con su capacidad de oír más allá, El Dador supiera que Jonas le había dicho adiós.

✳ ✳ ✳

Sucedió durante la cena. La unidad familiar estaba comiendo junta, como siempre: Lily charlando, Mamá y Papá haciendo los habituales comentarios (y ahora Jonas sabía que también las mentiras) sobre su día. Cerca, Gabriel jugaba feliz en el piso, balbuceando sus palabras de bebé, mirando con alegría a Jonas de vez en cuando, obviamente feliz de tenerlo de regreso después de la inesperada noche que había pasado lejos de la vivienda.

Papá miró al niño.

—Disfrútalo, pequeño —dijo—. Esta es tu última noche como visitante.

—¿Qué quieres decir? —le preguntó Jonas.

Papá suspiró decepcionado.

—Bueno, ya sabes que él no estaba aquí cuando llegaste a casa esta mañana, porque lo dejamos en la noche en el Centro de Crianza. Parecía un buen momento, ahora que no estabas, de darle una oportunidad. Había estado durmiendo muy plácidamente.

—¿Se portó mal? —preguntó Mamá con afecto.

Papá lanzó una sonrisa pesarosa.

—Mal es poco. Fue un desastre. Aparentemente lloró toda la noche. El turno de la noche no pudo manejarlo. Estaban *realmente* agotados cuando llegué al trabajo.

—Gabe, ¡malo! —dijo Lily, con un pequeño regaño hacia el niño que sonreía desde el piso.

—Así que —siguió Papá—, obviamente tuvimos que tomar una decisión. Hasta *yo* voté por la liberación de Gabriel cuando tuvimos la reunión esta tarde.

Jonas dejó el tenedor en la mesa y se quedó viendo a su padre.

—¿Liberación? —preguntó.

Papá asintió.

—Realmente hicimos todo lo posible, ¿o no?

—Sí, es verdad —convino Mamá enfáticamente.

Lily también asintió para indicar que estaba de acuerdo.

Jonas se esforzó por mantener su voz absolutamente tranquila.

—¿Cuándo? —preguntó—. ¿Cuándo lo liberarán?

—A primera hora de mañana. Tenemos que empezar nuestros preparativos para la Ceremonia de Designación de Nombres, así que pensamos que debemos ocuparnos de esto de inmediato.

—Será el adiosito para ti, Gabe, en la mañana —dijo Papá, con su voz dulce y cantarina.

* * *

Jonas alcanzó la orilla opuesta del río, se detuvo brevemente y miró atrás. La comunidad donde había vivido siempre quedaba a sus espaldas, dormida. Al amanecer, la vida ordenada y disciplinada que siempre había conocido seguiría una vez más, sin él. La vida donde nada era inesperado. O inconveniente. O inusual. La vida sin color, dolor ni pasado.

Pisó con firmeza otra vez los pedales y siguió rodando por el camino. No era seguro perder tiempo mirando atrás. Pensaba en las reglas que había roto hasta ese momento: suficientes para que lo condenaran si lo atrapaban.

En primer lugar, había dejado su vivienda de noche. Una transgresión importante.

En segundo lugar, había robado comida a la comunidad: un crimen muy serio, aunque lo que había tomado eran sobras, dejadas en las puertas de las viviendas para su recogida.

En tercer lugar, había robado la bicicleta de su padre. Había dudado por un momento, junto al estacionamiento de bicicletas en la oscuridad, porque no quería nada de su padre, e inseguro, también, de si podría andar cómodamente en una bicicleta más grande, cuando estaba tan acostumbrado a la suya.

Pero era necesario porque tenía el asiento para niños en la parte de atrás.

Y también había cargado con Gabriel.

* * *

Sentía la pequeña cabeza en su espalda, rebotando suavemente contra él, mientras avanzaba. Gabriel estaba profundamente dormido, amarrado en su silla. Antes de dejar la vivienda, Jonas había colocado sus manos firmemente en la espalda de Gabe y le había trasmitido el recuerdo más tranquilizador que pudo: una hamaca que se mecía lentamente bajo las palmeras en una isla en algún lugar indeterminado, por la noche, con el sonido rítmico de agua golpeando lánguida e hipnóticamente contra una playa cercana. A medida que el recuerdo se filtraba de él hacia el niño, podía sentir que el sueño de Gabe se volvía más tranquilo y profundo. No se había movido en absoluto cuando Jonas lo levantó de la cuna y lo colocó con suavidad en el asiento moldeado.

Estaba seguro de que pasarían todas las horas restantes de la noche antes de que se dieran cuenta de su huida. De modo que pedaleó con ritmo rápido y firme, deseando que no llegara el cansancio mientras pasaban los minutos y los kilómetros. No había tenido tiempo para recibir los recuerdos de fuerza y valor con que él y el Dador habían contado. De modo que estaba obligado a depender de lo que tenía y a confiar en que fuera suficiente.

Rodeó las comunidades cercanas, donde reinaba la oscuridad en las viviendas. Poco a poco las distancias entre las comunidades aumentaron y también las extensiones de camino desierto. Al principio, las piernas le dolían; luego, a medida que pasaba el tiempo, se le entumecieron.

Al amanecer, Gabriel empezó a inquietarse. Estaban en un lugar aislado; los campos a ambos lados del camino aparecían punteados por grupos de árboles aquí y allá. Vio un arroyo y se abrió camino en una pradera llena de surcos y obstáculos; Gabriel, completamente despierto, reía mientras la bicicleta lo hacía brincar.

Jonas desató a Gabe, lo levantó de la bicicleta y lo miró investigar el pasto y las ramas con deleite. Cuidadosamente escondió la bicicleta entre los arbustos.

—¡El desayuno, Gabe!

Desenvolvió parte de la comida y la sirvió para ambos. Luego llenó con agua del arroyo la taza que había traído y la sostuvo para que Gabriel bebiera. El también bebió con ansia y se sentó junto al arroyo, mirando jugar al niño.

Estaba exhausto. Sabía que debía dormir, dejar que sus músculos descansaran y prepararse para pasar más horas en la bicicleta. No sería seguro viajar de día.

Pronto lo empezarían a buscar.

Encontró un lugar profundamente oculto entre los árboles, llevó allí al niño y se recostó, manteniendo a Gabriel en sus brazos. Gabe se agitó como si jugaran a las luchas, como hacían en la casa, con cosquillas y risas.

—Lo siento, Gabe —le dijo Jonas—. Sé que es muy temprano y que te acabas de despertar. Pero tenemos que dormir ahora.

Abrazó su cuerpecito y acarició su pequeña espalda. Le habló en susurros para tranquilizarlo. Luego puso sus manos sobre él con firmeza y le trasmitió un recuerdo de profundo y satisfecho agotamiento. La cabeza de Gabriel se inclinó, después de un instante, y cayó contra el pecho de Jonas.

Juntos, los fugitivos durmieron durante todo su primer día de peligro.

✳ ✳ ✳

Lo más aterrador fueron los aviones. Habían pasado varios días; Jonas ya no sabía cuántos. El viaje se había hecho automático: el sueño de día, ocultos bajo los arbustos y los árboles; la búsqueda de agua; la cuidadosa división de las sobras de comida, aumentadas con lo que pudieran encontrar en los campos. Y los realmente interminables kilómetros en la bicicleta por la noche.

Los músculos de sus piernas estaban tensos. Le dolían cuando se acomodaba para dormir. Pero se iban fortaleciendo, y ahora se detenía con menos frecuencia para descansar. En ocasiones, hacía una pausa y levantaba a Gabriel para hacer un poco de ejercicio, corriendo juntos por el camino o a través del campo, en la oscuridad. Pero siempre, cuando regresaba, sujetaba de nuevo al niño (que no se quejaba) a su asiento y se volvía a montar en la bicicleta. Sus piernas estaban listas.

De modo que tenía suficiente fuerza propia, y no necesitaba la que el Dador pudo haberle proporcionado, en caso de haber tenido tiempo.

Pero cuando los aviones pasaban, deseaba haber recibido la valentía.

Sabía que eran aviones de búsqueda. Volaban tan bajo que lo despertaban con el ruido de sus motores y, en ocasiones, mirando hacia arriba con temor desde su escondite, casi podía ver los rostros de los buscadores.

Sabía que no podían ver color y que su carne, al igual que los rizos rubios y claros de Gabriel, no sería más que una mancha gris contra el follaje sin color. Pero recordaba, de sus estudios de ciencia y tecnología en la escuela, que los aviones de búsqueda usaban sensores de temperatura, que percibían el calor corporal y podían identificar a dos seres humanos acurrucados entre el follaje.

Así que siempre, cuando escuchaba el sonido de una aeronave, se acercaba a Gabriel y le transmitía recuerdos de nieve, conservando algo para sí. Juntos se enfriaban, y cuando los aviones se iban, se quedaban estremeciéndose, abrazados, hasta que el sueño les ganaba de nuevo.

En ocasiones, al transmitir de prisa los recuerdos a Gabriel, Jonas sentía que eran más superficiales, un poco más débiles que antes. Era lo que esperaba, y lo que él y el Dador habían planeado: a medida que se alejara de la comunidad, se desprendería de los recuerdos y los dejaría atrás para la gente. Pero ahora, cuando los necesitaba, cuando los aviones pasaban, se esforzaba por aferrarse a los que aún tenía de frío, y por usarlos para su sobrevivencia.

Por lo general, los aviones pasaban de día, cuando estaban ocultos. Pero permanecía alerta por las noches también, en el camino, escuchando siempre con atención para detectar el sonido de los motores. Hasta Gabriel escuchaba y gritaba «¡Avión! ¡Avión!», en ocasiones antes de que Jonas hubiera oído el aterrador ruido. Cuando los buscadores pasaban, como hacían a menudo, durante la noche, mientras avanzaban en la bicicleta, Jonas se apresuraba a llegar al árbol o arbusto más cercano, se dejaba caer al piso y evocaba el frío para él y Gabriel. Pero a veces apenas lo lograba, en medio del terror.

Mientras pedaleaba de noche, a través de paisajes desolados, una vez que las comunidades habían quedado muy lejos y no había signos de que los alrededores o los lugares a los que llegarían a continuación estuvieran habitados, se mantenía atento todo el tiempo, buscando el escondite más cercano por si escuchaba el sonido de los motores.

Pero la frecuencia de los aviones disminuyó. Pasaban cada vez menos y cuando venían volaban con menos lentitud, como si la búsqueda se hubiera vuelto azarosa y hubiera menos esperanzas. Por último, pasó un día y una noche sin que llegara ni uno.

CAPÍTULO 22

EL PAISAJE ESTABA CAMBIANDO. Era un cambio sutil, difícil de notar al principio. El camino se volvió más estrecho y con más irregularidades, como si ya no fuera atendido por las brigadas de mantenimiento viario. De pronto, resultaba más difícil mantener el equilibrio en la bicicleta, porque la rueda delantera se tambaleaba al pasar sobre piedras y surcos.

Una noche, Jonas se cayó cuando la bicicleta tropezó con una roca y se detuvo de golpe. Jonas trató de proteger instintivamente a Gabriel, y el niño, amarrado con firmeza a su asiento, no resultó herido, solo se espantó cuando la bicicleta cayó de lado. Pero Jonas se torció el tobillo, y se raspó y lastimó las rodillas; la sangre le escurrió a través de sus pantalones rotos. Adolorido, se puso de pie, levantó la bicicleta y tranquilizó a Gabe.

Con mucho cuidado, empezó a viajar a la luz del día. Había olvidado el miedo a los buscadores, que parecían cosa del pasado. Pero ahora sentía nuevos miedos; el extraño paisaje escondía peligros ocultos, desconocidos.

Los árboles eran más abundantes, y el bosque que había junto al camino era oscuro y desprendía un intenso misterio. Ahora veía arroyos con más frecuencia y se detenía a menudo a beber. Con cuidado, Jonas lavaba sus rodillas heridas, haciendo muecas mientras frotaba la piel abierta. El dolor constante de su tobillo hinchado se aliviaba un poco cuando lo sumergía en el agua fría que corría por los canales a lo largo del camino.

Entonces estuvo consciente de que la seguridad de Gabriel dependía por completo de que él conservara sus fuerzas.

Vieron su primera cascada, y por primera vez vieron animales.

—¡Avión! ¡Avión! —gritó Gabriel, y Jonas se dirigió

rápidamente hacia los árboles, aunque no había visto aviones desde hacía varios días y en aquel momento no escuchó un motor de avión.

Cuando detuvo la bicicleta entre los arbustos y se dio vuelta para alcanzar a Gabe, vio que con su pequeño brazo regordete señalaba al cielo.

Aterrado, miró hacia arriba, pero no era un avión. Aunque nunca había visto una antes, la identificó a partir de sus debilitados recuerdos, porque el Dador se lo había dado con frecuencia. Era un ave.

Pronto hubo muchas aves a lo largo del camino, volando sobre ellos, haciendo ruidos. Vieron ciervos y, una vez, junto al camino, mirándolos con curiosidad y sin miedo, a una pequeña criatura de color pardo rojizo con una gruesa cola, cuyo nombre Jonas desconocía. Disminuyó el paso en su bicicleta, y se quedaron mirándose con fijeza hasta que la criatura se dio vuelta y desapareció en el bosque.

Todo esto era nuevo para él. Después de una vida de Igualdad y predecibilidad, estaba maravillado por las sorpresas que surgían a cada curva del camino. Reducía la velocidad cada tanto para mirar maravillado las flores silvestres, para disfrutar el trino ronco de una nueva ave en la cercanía o tan solo para mirar la manera en que el viento mecía las hojas de los árboles. Durante sus doce años en la comunidad, nunca había sentido momentos tan simples de exquisita felicidad.

Pero ahora también había miedos desesperados que crecían en su interior. El más implacable de sus nuevos miedos era que murieran de hambre. Ahora que habían dejado atrás los campos cultivados, era casi imposible encontrar comida. Se terminaron las magras reservas de papas y zanahorias que habían guardado de la última área agrícola, y ahora siempre estaban hambrientos.

Jonas se hincó ante un arroyo y trató sin éxito de atrapar un pez con sus manos. Frustrado, lanzó piedras al agua, sabiendo, mientras lo hacía, que era inútil. Por último, desesperado, elaboró una red improvisada, disponiendo las hebras de la cobija de Gabriel alrededor de una vara curva.

Después de incontables intentos, la red atrapó dos peces plateados. Metódicamente, Jonas los cortó con una piedra afilada, comió las tajadas crudas y se las dio a comer a Gabriel. Comieron algunas moras y trataron sin éxito de atrapar un ave.

Por la noche, mientras Gabriel dormía junto a él, Jonas permanecía despierto, torturado por el hambre, y recordaba su vida en la comunidad, donde los alimentos se entregaban todos los días en cada vivienda.

Trató de usar el debilitado poder de sus recuerdos para recrear alimentos y logró obtener breves, tentadores fragmentos: banquetes con enormes carnes asadas; fiestas de cumpleaños con gruesos pasteles escarchados, y exuberantes frutas, tibias por el sol, jugosas, que se comían directamente de los árboles.

Pero cuando los retazos de recuerdos se desvanecían, se quedaba con el vacío que lo carcomía y le producía dolor. Jonas recordó, de pronto, y con desagrado, el momento de su infancia en que lo castigaron por usar mal las palabras. Había dicho «Me muero de hambre». «Tú nunca has estado muriéndote de hambre», lo reprendieron. «Nunca te morirás de hambre».

Ahora estaba en esa situación. Si se hubiera quedado en la comunidad, no se encontraría así. Era tan simple como eso. Una vez había deseado tener la capacidad de decidir. Luego, cuando pudo tomar una decisión, fue la equivocada: la decisión de irse. Y ahora se estaba muriendo de hambre.

Pero si se hubiera quedado...

Siguió pensando. Si se hubiera quedado, se estaría muriendo de otras maneras. Estaría viviendo una vida llena de hambre de sentimientos, de color, de amor.

¿Y Gabriel? Para Gabriel no habría vida, en absoluto. De modo que en realidad no podía tomar otra decisión.

Andar en la bicicleta se volvió una lucha a medida que Jonas se debilitaba por falta de comida, y se dio cuenta al mismo tiempo de que estaba encontrando algo que desde hacía tiempo ansiaba ver: colinas. Su tobillo torcido le punzaba al empujar el pedal hacia abajo en un esfuerzo que casi lo rebasaba.

Y el clima estaba cambiando. Llovió durante dos días. Jonas nunca había visto la lluvia, aunque la había experimentado a menudo en los recuerdos. Le habían gustado esas lluvias, había disfrutado los nuevos sentimientos que despertaban, pero era diferente. Él y Gabriel tenían frío y estaban empapados, y era difícil secarse, incluso en las ocasiones en que salía el sol.

Gabriel no había llorado durante el largo y atemorizante viaje. Entonces lo hizo. Lloró porque tenía hambre y frío y estaba terriblemente débil. Jonas también lloró, por las mismas razones, y otras más. Sollozó porque ahora tenía miedo de que no pudiera salvar a Gabriel.

Ya no se preocupaba por sí mismo.

CAPÍTULO 23

JONAS ESTABA CADA VEZ MÁS SEGURO de que se acercaba a la meta, en la noche que se aproximaba. Ninguno de sus sentidos lo confirmaba. No se veía nada delante, excepto la cinta interminable del camino, que se desplegaba en curvas estrechas y sinuosas. Tampoco se oía nada.

Pero lo sentía: sentía que Otro Lugar no estaba muy lejos. Pero le quedaban pocas esperanzas de llegar a él. Sus esperanzas se redujeron aún más cuando el aire ríspido y frío empezó a opacarse y engrosarse con algo blanco que formaba remolinos.

Gabriel, envuelto en su cobija insuficiente, estaba encorvado, temblando y callado en su pequeño asiento. Jonas detuvo la bicicleta, fatigado, bajó al niño y se dio cuenta, descorazonado, de lo frío y débil que estaba Gabe.

De pie en el montículo congelado que se estaba volviendo más grueso alrededor de sus pies entumecidos, Jonas abrió su propia túnica, apretó a Gabriel contra su pecho desnudo y amarró la rota y sucia cobija alrededor de ambos. Gabriel se movió, debilitado, contra él y gimió por un instante en el silencio que los rodeaba.

Débilmente, desde una percepción casi olvidada, tan borrosa como la propia sustancia, Jonas recordó lo que era la blancura.

—Se llama nieve, Gabe —susurró Jonas—, *copos de nieve*. Caen del cielo, y son muy hermosos.

No hubo respuesta del niño que alguna vez había sido tan curioso y despierto. Jonas miró hacia abajo, a través de la penumbra, la pequeña cabeza recargada contra su pecho. El pelo ondulado de Gabriel estaba enredado y muy sucio, y las lágrimas que habían caído por sus mejillas habían dejado rastros de mugre. Tenía los ojos cerrados. Mientras lo miraba, un copo de nieve se coló y quedó prendido brevemente, como un destello momentáneo, en las pequeñas pestañas estremecidas.

Fatigado, volvió a montarse en la bicicleta. Una colina con una pendiente muy inclinada se levantaba al frente. En las mejores condiciones, habría sido difícil subirla, habría exigido un gran esfuerzo. Pero ahora la nieve, que se volvía cada vez más espesa, ocultaba el estrecho camino e imposibilitaba el avance. La rueda delantera apenas se movía cuando Jonas pisaba los pedales, empujándolos con sus piernas entume cidas y exhaustas. Pero la bicicleta se detuvo. Era imposible moverla.

Se bajó y la dejó caer a un lado, en la nieve. Por un momento pensó en lo fácil que sería dejarse caer junto a ella, dejar que él y Gabriel se deslizaran en la suavidad de la nieve, la oscuridad de la noche, la cálida comodidad del sueño.

Pero ya había llegado muy lejos. Debía seguir adelante.

Los recuerdos se habían quedado atrás, escapando de su protección para regresar a las personas de su comunidad. ¿Le habría quedado alguno? ¿Podría obtener una última migaja de calor? ¿Aún tenía la fuerza para Dar? ¿Gabriel aún podía Recibir?

Puso sus manos en la espalda de Gabriel y trató de recordar los rayos del sol. Por un momento, pareció que nada vendría a él, que su poder se había ido por completo. Luego parpadeó de pronto, y sintió pequeñas lenguas de calor que empezaban a arrastrarse entre sus pies y sus piernas congelados. Sintió que su cara empezaba a brillar y que la piel tensa y fría de sus brazos y manos se relajaba. Por un segundo sintió que quería conservarlo para sí mismo, quedarse bañado por la luz del sol, sin cargar con nada ni con nadie.

Pero el momento pasó y le siguió una urgencia, una necesidad, un deseo apasionado de compartir el calor con la única persona que le quedaba para amar. Dolido por el esfuerzo, desplazó el recuerdo de calor hacia el delgado y tembloroso cuerpo que llevaba en sus brazos.

Gabriel se agitó. Por un momento, ambos se llenaron de calor y fuerza renovada mientras se abrazaban en la nieve cegadora.

Jonas empezó a subir a pie la colina.

El recuerdo fue dolorosamente breve. No había avanzado más que unos cuantos metros a través de la noche cuando se fue y regresó el frío.

Pero ahora su mente estaba alerta. Al calentarse a sí mismo, aunque hubiera sido por un instante, había sacudido el letargo y la resignación y le había sido devuelta la voluntad de sobrevivir. Empezó a caminar más rápido sobre unos pies que ya no podía sentir. Pero la pendiente de la colina era muy inclinada y traicionera; terminó detenido por la nieve y su propia falta de fuerza. No había avanzado mucho cuando tropezó y cayó hacia adelante.

De rodillas, incapaz de levantarse, Jonas hizo un segundo esfuerzo. Su conciencia se aferró a un atisbo de otro recuerdo de calidez, y trató desesperadamente de conservarlo, de alargarlo, de pasarlo a Gabriel. Su espíritu y su fuerza revivieron con el momentáneo calor y se puso de pie. Una vez más, Gabriel se agitó contra su cuerpo mientras empezaba a trepar.

Pero el recuerdo se desvaneció, dejándolo con más frío que antes.

¡Si tan solo hubiera tenido tiempo de recibir más calor del Dador antes de escapar, tal vez ahora quedaría más! Pero no tenía caso seguir haciendo conjeturas del tipo «si tan solo...».

Ahora tenía que concentrarse por completo en mover sus pies, calentar a Gabriel y a sí mismo, y seguir adelante.

Trepó, se detuvo y calentó a ambos brevemente con

un diminuto retazo de recuerdo que parecía ser en verdad todo lo que le quedaba.

La parte superior de la colina parecía muy lejana, y no sabía lo que encontrarían a continuación. Pero no podían más que seguir adelante. Caminó fatigosamente colina arriba.

Cuando por fin llegó cerca de la cima, algo empezó a suceder. Seguía sin sentir calor; si acaso, sintió más entumecimiento y frío. Tampoco estaba menos exhausto; por el contrario, sentía que los pies se le habían vuelto de plomo y apenas podía mover sus piernas congeladas y agotadas.

Pero empezó, de pronto, a sentirse feliz. Empezó a recordar tiempos felices. Recordó a sus padres y a su hermana. Recordó a sus amigos, Asher y Fiona. Recordó al Dador.

De pronto, lo inundaron recuerdos de alegría.

Alcanzó el lugar donde la colina formaba una cresta y pudo sentir que el piso bajo sus pies, cubiertos por la nieve, se volvía parejo. Terminó la subida.

—Ya casi llegamos, Gabriel —susurró, sintiendo mucha seguridad, sin saber por qué—. Recuerdo este lugar, Gabe.

Y era verdad. Pero no era un atisbo de un frágil y trabajoso recuerdo; era diferente. Era algo que podía conservar. Un recuerdo propio.

Abrazó a Gabriel y lo frotó con energía, calentándolo para mantenerlo con vida. El viento era cruelmente frío. La nieve se arremolinaba, nublando su visión. Pero adelante, al otro lado de la tormenta cegadora, sabía que había calor y luz.

Usando sus últimas fuerzas y un conocimiento especial que estaba en lo más profundo de su ser, Jonas encontró el trineo que los estaba esperando en la parte superior de la colina. Con las manos entumecidas, tomó torpemente la cuerda.

Se acomodó en el trineo y abrazó fuertemente a Gabe. La colina tenía una pendiente muy inclinada pero la nieve era porosa y suave, y sabía que aquella vez no habría hielo, caída ni dolor. Dentro de su cuerpo que se congelaba, su corazón sintió una oleada de esperanza.

Empezaron a deslizarse hacia abajo.

Jonas sintió que se desmayaba y con todo su ser permaneció erguido sobre el trineo, sujetando a Gabriel y manteniéndolo seguro. Las esquíes se deslizaban a través de la nieve y el viento golpeaba su cara mientras tomaban velocidad en línea recta a través de una incisión que parecía llevar al destino final, el lugar que siempre había sentido que lo estaba esperando, el Otro Lugar que contenía el futuro y el pasado de los dos.

Se esforzó por mantener los ojos abiertos mientras bajaban más y más deprisa, deslizándose, y de pronto vio luces, y las reconoció. Supo que brillaban a través de las ventanas de los cuartos, que eran luces rojas, azules y amarillas, que parpadeaban desde los árboles en lugares donde las familias creaban y mantenían los recuerdos, donde celebraban el amor.

Bajaban y bajaban, más y más rápido. De pronto tuvo la certeza y la alegría de que abajo lo estaban esperando, y de que también estaban esperando al bebé. Por primera vez, escuchó algo que sabía que era música. Oyó cantar.

Detrás de él, a enormes distancias de espacio y tiempo, en el lugar que había abandonado, también creyó escuchar música. Pero quizás solo era un eco.